柏拉图的斧子

文学百年 名家散文自选集

陆春祥 / 著

湖南人民出版社·长沙   民主与建设出版社·北京

本作品中文简体版权由湖南人民出版社所有。
未经许可，不得翻印。

图书在版编目（CIP）数据

柏拉图的斧子 / 陆春祥著. —长沙：湖南人民出版社，2023.2
（文学百年：名家散文自选集）
ISBN 978-7-5561-2826-6

Ⅰ.①柏… Ⅱ.①陆… Ⅲ.①散文集—中国—当代 Ⅳ.①I267

中国版本图书馆CIP数据核字（2022）第010260号

BOLATU DE FUZI

柏拉图的斧子

主　　编	李继勇
著　　者	陆春祥
责任编辑	谭　乐　廖晓莹
出版发行	湖南人民出版社 [http://www.hnppp.com]
	民主与建设出版社
地　　址	长沙市营盘东路3号
邮　　编	410005
印　　刷	三河市冠宏印刷装订有限公司
版　　次	2023年2月第1版
印　　次	2023年2月第1次印刷
开　　本	880 mm × 1300 mm　1/32
印　　张	10
字　　数	164千字
书　　号	ISBN 978-7-5561-2826-6
定　　价	49.80元

营销电话：0731-82683348　（如发现印装质量问题请与出版社调换）

自序——简而文，温而理

读《中庸》至最后一章，被第一段吸引。

《诗》曰："衣锦尚䌹（jiǒng）"，恶（wù）其文之著也。故君子之道，闇（àn）然而日章；小人之道，的然而日亡。君子之道，淡而不厌，简而文，温而理；知远之近，知风之自，知微之显，可与入德矣。

穿锦衣时，为什么外面要加一件罩衫呢？这是因为讨厌锦衣的色彩太过醒目了。由穿衣而推断出，君子的作风应该是：虽黯淡却日益彰显；小人的作风是：虽亮丽却日渐消失。因此，真正的君子作风这样要求：简单而富于文采，温和而条理井然。一个人从近处可以推测到远处的情况，知道一地的风俗可以推测出整个风俗的演变，知道隐微的细节可以推测出明显的事实。如果能做到这些，那么这个人就进入修德的正确途径了。

这是在说修德，修德的首要敌人，就是凡事太张扬。

项羽其实短志，已经攻占咸阳，各方面都十分占优势，可他却急于东归。干吗？富贵不归故乡，如衣锦夜行。噢，原来他就这点出息，老婆孩子热炕头，有了虞姬，万事足矣。

看着不张扬，却好处多多。低调者的好品格逐渐为人所知，要做的事，一件一件都做成了，因为他见微知著，因为他知远推近，一切皆在他的掌控中。而张扬的坏处也是显而易见的，这一点别人观察得更清楚。因为张扬，所以忽略，或者根本就没有意识到张扬。我张扬了吗？我张扬了吗？我就张扬了，怎么样？呵，等待张扬的自然是失败或消亡。

《中庸》《大学》均出自《礼记》，是朱熹将它们选出而列入"四书"独立成书的。这二书用不长的篇幅，一而再再而三地强调修身修德，虽为当时的统治阶级培养人才，但它们的微言大义，对今天的人们也极有重读的现实意义。

重读可以是多角度的。

严子陵重读《礼记》，加上他祖辈的为官遭遇，即便皇帝是同班同学，他也不干。找个山水皆佳的地方隐居起来，在锦衣外罩个粗布衫，多好呀，虽有点不伦不类，却自在得很。

打下徽州后，朱元璋征求知识分子朱升的意见——您认为咱们今后的战略方针要怎样才好呢？朱升用九字回答："高筑墙，广积粮，缓称王。"是呀，在还没有完全强大之时，必须要不断壮大自己的力量，韬光养晦，否则被强大的对手灭掉也是分分钟的事。

要做到平淡而不讨人厌，简而文，温而理，这是最好的办法。

其实，这不仅仅是在说做人和修德了，写作何尝不是如此呢？

简而文，简约而又有文采，需要巨大的功力。大多数历代经典名著都是以这样的方式留给世人的，所谓大道至简，惜墨如金。温而理，温和、温雅，少一些戾气、暴气，也可以理解成文章的温度和理性，这显然更加有难度。我的简单理解是，简而文，偏重语言表达和方式呈现；温而理，侧重内容选择和结构安排。好文章必须是两者互具兼融、相辅相成的。

简而文，温而理。

为文也如为人，为人也似为文。

做不了朱元璋，也不做严子陵，就做个平平常常的普通人，写些普普通通的平常文。

柏拉图的斧子

目录

第一辑·杂草的故事

杂草的故事 / 3

一平方英寸的寂静 / 12

泥土去哪儿了？/ 18

驴的悲剧及其他 / 28

这回，我们来谈谈死亡 / 34

"显贵"转了四个弯 / 40

柏拉图的斧子 / 45

耐烦有恒 / 49

第二辑·为伊折枝

为伊折枝 / 57

介于聪明和愚笨之间的狐狸 / 70

向邮票学习 / 73

做一个规则动词 / 76

种子里的苹果 / 80

米是从商店里花钱买来的吗？/ 83

有目的的无目的 / 88

因为山在那里 / 93

有形菜和无形菜 / 96

周武王的十七戒 / 100

第三辑·《本草纲目》新方五帖

滴　答 / 107

拉普拉普鱼
　　——剖析一个谣言的诞生过程 / 111

知识就像内衣 / 115

《本草纲目》新方五帖 / 119

子见南子 / 123

庄子试妻 / 128

第四辑·天留下了敦煌

天留下了敦煌 / 135

《霓裳》的种子 / 166

在西沙 / 207

威尼斯记忆 / 231

梅藤根城堡 / 237

附会武当山 / 243

天地一方岩 / 249

药 / 259

苜蓿记 / 268

楼塔三叠 / 278

春　山 / 289

第一辑·杂草的故事

杂草的故事

我们都要将杂草除之而后快。

在水稻生长的季节，有稗草混杂其间。起初，人们还识不清它的面目；拔节时，稗的尾巴就露出来了。稗显然比稻粗壮，且颜色越来越青。稻已经开始孕育生命，稗却只顾抢夺稻田的养分。迅速拔掉稗，坚决不能让它伤害稻类。稗，虽然也是禾类，但它已是身份卑微的象征，和卑有关的词都不怎么有地位，比如婢女。

稗草是典型的杂草。人们虽尽力除稗，但它仍能让自己的种子混进稻种里，在来年被一起播种。还有野燕麦，也一样能混进麦粒中而不被发现。人们只是不断陈述杂草的危害，却不太了解它的前世今生，更不知道无数杂草有着怎样的命运。其实，细细体味，杂草的生长，很有些哲学含义。

英国博物学家理查德·梅比的《杂草的故事》，从园艺、文学、历史的角度，探究了许多杂草的来龙去脉，让我们重新审视那些不起眼的杂草。

顺着梅比的思路，我们来厘清几个关于杂草的概念。

1

杂草是出现在错误地点的植物。

这个观点如同我们比喻垃圾，垃圾是放置错误的宝贝。因为垃圾是宝贝，所以才会有人寻宝贝，而一般人都将垃圾丢弃了。

杂草也是这样，在这个地方是宝贝，换个地方就成了杂草，反之亦然。

例子比比皆是：独脚金在肯尼亚，它的花朵被用来铺洒在迎接贵宾的道路上，而在美国东部，它却使上万亩农田颗粒无收。罗马人把宽叶羊角芹引入英国，它有缓解痛风的药效，还可以当作食物；两千年过去了，这种植物再无药用价值，变成了英国花圃中最顽固、最难除的令人厌恶的杂草。

2

杂草只是没有被人类驯化。

我们很自然地将叫不出名字的植物统称为杂草。

但对那些已经知名的草,却有一种莫名的崇拜。端午刚过,许多人家门上还插着干枯的艾叶。古罗马哲学家阿普列尤斯所著的《植物记》中,这样讲"艾草":若将此草之根悬于门上,则任何人都无法损坏此房屋。关于"蓖麻"这样写:将此植物种子置于家中或任何地方,可保此地不受冰雹袭击;若将此种子悬于船上,则可平息任何暴风雨。

我居住在京杭大运河的终点——杭州拱宸桥边。运河两岸长着无数的花草,有人工种植的,也有自然生长的。简单数数,不会少于一百种。可我只认识很少的一些。我的内心常常将那些叫不出名的称为杂草杂花。其实,在农艺花木专家眼里,它们大部分应该是有名字的,只是一般人不知道。

被称为杂草的植物,其实遍布每一个植物类群,从简单的藻类,到森林的大树,到处都有杂草。那些叫不出名的杂草,总是生长得最旺盛。你虽然不去刻意照顾它,它却吸吮雨露,沐浴阳光,长得欢快,日日欣欣向荣。梅比观察说,如今世界上杂草生长最繁盛的地方，正是除草最卖力的地方！

这就很值得思考。杂草与人类比邻而居，保持着共生关系，这意味着人类从杂草中得到的好处，一点儿也不比其他植物少。杂草是最早的蔬菜，是最古老的药材，是最先使用的染料。《诗经》中的一百多种植物，在先民眼里就是杂草。

立即想到，我们身边的那些动物，命运也和杂草一样，是不断驯化的结果。如鸡，如狗，它们原来也是杂禽杂兽。在长久长久的若干年以前，鸡狗和人类才共处共生，慢慢亲近，最后成为朋友，谁也离不开谁。

3

杂草的可怕纯粹是人类的短视。

现实世界，危害极大的杂草确实存在，但杂草的危害也是由人类对自然世界的破坏造成的。一种植物成为杂草，且凶狠勇猛，纵横多国，是因为人类把其他野生植物铲除，使这种植物失去了制约。

我们来看世界上危害最大的杂草之一——丝茅。

1964年到1971年间，美国向越南喷洒了1200万吨的橙剂。

此剂臭名昭著是因为它让所有雨林的树叶脱落。美军洒剂就是为了使越共部队无处藏身。差不多过了半个世纪，当年的雨林里现在仍然生长着坚硬的丝茅。每当树木脱叶，丝茅就会生长旺盛一段时间，可一旦树荫重新遮住阳光，丝茅便默默退去。越南人一次又一次地烧丝茅，越烧长得越旺。他们尝试种植柚木、菠萝甚至强大的竹子，以遏制丝茅，却一次次失败，越南人骂它为"美国杂草"。

有消息说，丝茅躲在亚洲出口的室内包装里潜入了美国，如今，正在美国南部各州疯长。这是丝茅的复仇吗？

其实，丝茅是东南亚森林地表植被的组成物之一。在我们周围，丝茅到处都是。可以说，那些绿化不太好的地方、贫瘠的山沟地边、裸露的岩石上，到处都长着丝茅，顽强得很。我在中学读书的时候，节假日就割过这种茅草。收购站会收茅草，和芒秆一样造纸用。

丝茅青青，它的茎叶牛羊也会吃。

中医里草和药同源，丝茅也有药用价值，利尿、清凉。

4

杂草顽强，它们无所不在的生存能力，仿佛是从神话中得来的无穷力量。

英国植物学家爱德华·索尔兹伯里，成功地将从蝗虫粪便里提取的种子种活。他还从一只红腿鹧鸪伤腿上的泥巴里，提取并培育出了八十多种植物。他很出名的一个举动是从自己裤脚卷边带回的零碎中，培育出了二十多种计三百株杂草。

科学表明，一棵颇具规模的毛蕊花或小蓬草能够释放超过四十万粒种子。风滚草的种子能在三十六分钟内萌发。千里光从播种到开花再到播种，整个生命周期只需要六周。

种子可以休眠，二年、三年、五年、三十年，甚至三百年、数千年。一英亩的农田中，可能含有一亿粒休眠的种子。土地中杂草的种子，永远除不干净。我看过一个纪录片，是说有机构在南极建立了一个种子库，里面有数千上万种人类生活需要的种子，种子可以存活一千年以上。如果哪一天，地球发生毁灭性灾难（肯定不是地球没了），这些种子就可以帮助我们重建家园。

难怪，杂草无处不在，即便在光光的岩石上，只要迎风有雨都会蓬勃生长。

5

在中世纪，至少有二十种杂草被人们赋予了"魔鬼"的恶名：春黄菊——魔鬼雏菊，菟丝子——魔鬼的线，荨麻——魔鬼之叶，蒲公英——魔鬼的奶桶。

有恶草就会有仙草，车前草就被称为"百草之母"，几乎所有的古老药方中都有车前草的身影。不仅如此，车前草还是一种占卜草，可以帮助人们预见未来。

1694年6月24日，英国自然哲学家约翰·奥布里在散步时看见了二十几个女子，她们中的大部分人衣着光鲜。女子们跪在地上十分忙碌的样子，像是在除草。一问，原来她们在找爱人：她们在找车前草根下的木炭，晚上把这些木炭放在枕头下，就能梦见未来丈夫的模样。

三色堇，又叫静心花，一种常见的农田杂草，却成了爱情的象征，引发人们各种浪漫的想象。它的花像一张沉思的小脸，有两道高高的眉毛，两颊，一个下巴，上面还有看起来很像眼睛或者笑纹的细线条。原来如此。

三色堇的形状在浪漫的法国人看来,一张脸变成了两张脸,两个嘴唇在接吻。于是,代名词和形容词如潮涌来:吻我然后抬起头,花园门后的吻,在花园门口给我一个吻,给我一个蜻蜓点水的吻,跳起来给我一个吻,去门口迎接她然后在地下仓库里吻她。法国人似乎整天生活在感情的海洋中,太能想象了,只是一朵杂花而已。

6

在孤独的野外默默地开着的是一朵朵不起眼的小花,因为无名被人忽略。于是它们活下来撒播种子,来年,它们子孙满地。风轻扬,它们倔强地生长。

杂草的故事还有许多隐喻。人类不一定非要将自然世界拆分成野生与驯养两大部分,至少杂草在提醒我们:生活不可能整天整洁光鲜,一尘不染,人类应该像杂草一样,学会在自然的边界上生存。

此刻,雨后,我到楼下,在壹庐的院子中仔细看了看,这里也有好些不知名的杂草,摇曳娴娜,估计它们是去年藏在各种花木的泥盆里一起迁来的。它们都是客人,我决计不清除它们,让其自由生长。它们原本也是有名字的,就如茫茫人海中的陌生人,只是我不认识而已。

一平方英寸的寂静

1855年,美国西雅图酋长为印第安部落土地的购买案写信给富兰克林·皮尔斯总统。信里有这样两句话:

> 如果在夜晚,听不到三声夜鹰优美的叫声,或者青蛙在池畔的争吵,人生还有什么意义?

现在,我的窗外是机器间歇的轰鸣声,铁钻机钻钢筋水泥,滋——滋——滋——节奏达达达,强劲有力,要将硬水泥地钻通,仿佛要将你的心脏一起钻碎。

这种建筑的声音、装修的声音,在城市随便哪个角落,随时都能听见。

几乎所有的人都烦噪声,但又在不遗余力地制造噪声。

用科技的手段来对抗噪声,虽然小有成就,但力度并没有像人类对待治疗癌症那样重视。

于是，我们都很向往一种环境，一种安静的环境。想那苍穹下，一望无际。满地青草和鲜花，蓝天和白云外，还有飞鸟在陪伴我们。想采菊东篱下，悠然见南山；想门对千棵竹；想闭门却是深山。

这纯属奢侈，要在当下社会找到一块安静的地方，很难。今日，宁静就像那些濒临灭绝的物种一样。

穆雷·谢弗在《世界的调音》里曾经提议，把能否听到自己的脚步声列为判断城市的噪声标准之一。他的意思可以这么理解，我们居住的地方，应该安静到足以听到自己或者他人走路的声音。

然而，除了那些荒无人烟的荒漠高原外，各种机器发出的声音就是主导我们当今世界的主要声音。

到哪里可以找到安静呢？绝对的安静肯定没有，地球上最安静的地方应该是实验室。美国欧菲尔实验公司有个无响室，位于明尼阿波利斯的边远地带，底噪只有负九加权分贝。

尽管安静是奢侈品，但我们很多人还是在不断寻找自然的宁静点。美国声音生态学家戈登·汉普顿也在寻找，他几十年间都致力于寻找寂静的声音，寻找那一平方英寸的寂静。

我将汉普顿的这种行为,当作一种实验。

2005年4月22日,世界地球日那一天,他独自到美国奥林匹克国家公园的霍河雨林,在距离游客中心大约三英里的地方,将印第安部落长老送给他的一块小红石放到一根圆木上,并将那里命名为"一平方英寸的寂静"。他希望设下的这个标记有助于这个偏远荒地的自然声境的保持和管理。他会定期到那里监测可能入侵的各种噪声,记录下噪声发生的时间。他还尝试确认噪声的来源,再用电子邮件通知对方,向他们解释保存仅余的自然寂静声音的重要性,请他们自我约束;还会随信附上一张有声CD,上面有噪声入侵的实况。

汉普顿录制声音已经超过二十五年了,他的声音图书馆里藏有3000GB的声音,包括蝴蝶鼓动翅膀的声音、如雷瀑布的轰鸣声、一片漂浮的叶子细微的声响、草原幼狼低柔的咕咕声、传授花粉的昆虫拍扑翅膀时带起的柔和声等,可以说是库纳万籁。

一平方英寸的寂静,有什么实际意义吗?在大部分不理解的人看来,这就是矫情,或者是小题大做,或者是愚蠢。汉普顿却认为,如果能保存一平方英寸的寂静,就能减少一千平方英寸内的噪声污染!这也就是说,大自然的寂静是能够支配许多平方英寸所在的。

他的体验是，一个安静的地方能让人的感觉全部打开，万物也会生动起来。

汉普顿的记录告诉我们，在美国要找到持续十五分钟以上的寂静极度困难。在欧洲，这种寂静更是早已绝迹。现在大部分地方已经完全没有安静的地方，反而是二十四小时都存在着一种以上的噪声来源。

我们来看看这个声音生态学家的敏锐听觉。

这是一次平常的记录，在他的一平方英寸目标点。

五十英尺外，传来西方鹟鹟的叫声，四十加权分贝。

三十英尺外，传来红胸䴓和栗背山雀的叫声，四十五加权分贝。

下午一点四十五分，一架直升机沿霍河河谷飞过，五十加权分贝。

大叶枫林里，强风从河谷吹来，每片叶子从六英尺高掉落到蕨叶上，平均会发出三十加权分贝的声响。

单只熊蜂嗡嗡飞过，音量可能在三十四至四十四加权分贝。

整个早上，他都在静静观察周遭的自然奇景。三十英尺外有一只树蛙，五十五加权分贝。它的声音几乎跟人类平常的聊天声一样大，听得很清楚，缓慢、从容、清晰，类似于橡皮绞动的声音。

他开始搜寻麋鹿。他朝步道走了一小段，这时从低矮的白珠树丛里，传来一种微弱、干脆、叮叮咚咚的新声音，他立刻静止不动。仔细搜寻后，他发现树丛上有一些铁杉的针叶，抬头看，它们是从一百英尺以上的高空掉落的。

在一般人眼里，做这些事情且持续数十年，是不是有点枯燥无味呢？

呵，这得看怎么理解了。汉普顿眼中的寂静是一块神圣的地方，他记录并极力保护那一平方英寸，因为他比我们常人对寂静有更深刻的理解。

他理解的寂静，有内在和外在两种。

内在寂静是尊重生命的感觉。我们可以带着这种感觉去任何地方，神圣的寂静会提醒我们是非对错，即便在城市嘈杂的街道上，仍能产生这样的感觉。内在寂静属于灵魂层次。外在寂静是我们置身于安静的自然环境，它邀请我们敞开感官与周围万物产生连接。我们无论望向何方，都可以看到相同的连接。外在寂静还可以帮助我们找回内在的寂静，让心灵充满感恩和耐心。

这也许就是汉普顿和别的科学家不一样的地方，他是世界上最好的倾听者，而且有卓识远见。他在用心实验，他的实验是科学和诗意的交融，他试图找出人类烦躁的病症。他似乎也是中国古代哲学良好的践行者，天人合一，道法存在于自然中。

2016年4月30日夜十点，窗外仍然喧闹，读完汉普顿的《一平方英寸的寂静》，我满胸起伏，在扉页上草草记着以下几句：

  应当觉醒，拯救寂静，是因为寂静变得稀有，差不多快灭绝了；

  寂静，是另一种独特的声音，其实也是万物俱在——空气是翅膀留下的音乐，万物都在音乐中舞动和谱曲；

  人类不是世界的主宰，无论植物或动物都在同一现场，相互依赖，任何生物都无法单独生存；

  保护寂静，聆听大地的声音。

泥土去哪儿了？

建房造桥，往泥土下打个几米就碰到地球的骨头了。

泥土就是地球的皮肤。如果按人的皮肤比例来看，地球的皮肤比人的皮肤更薄，更脆弱。

1

在我读到美国学者戴维·R.蒙哥马利的《泥土：文明的侵蚀》一书前，我一直没有想过这样的问题：我脚下的泥土是从哪儿来的？

泥土从哪儿来？是地球生成的时候就有的吗？

不是的。四十亿年前，地球表面的温度接近沸点。这也就是说，那个时候的地球上并没有土地，只有岩石。幸运的是，这些岩石上生长着一种嗜热细菌。你要问我这细菌从哪里来的，我不能回答你，科学家也不能回答你。如果你硬要问，就会进入先有鸡还是先有蛋的圈子里去了。总之，这种细菌就那样存在着。嗜热细菌是干什么的呢？它们没闲着，在它们的辛勤工作下，几十亿年下来许多岩石转变为原始土壤。嗜热细菌还消耗掉大气层中的二氧化碳，使地球的温度下降了三十到四十度。这些能生产土壤的细菌是地球的功臣，没有它们，地球永远无法成为可居之地。

达尔文一生写了16本书，最后一本大多数人不知道，书名长长的——《树叶为何发霉，透过对蚯蚓行为习惯的观察》（我家陆地同学意译），是研究蚯蚓如何将灰尘和腐烂的树叶变成土壤的。

环球旅行结束后，达尔文回到了自己在英国的家。这位致力于昆虫及植物研究的专家，在自己家门前又有新发现。他发现地面上每隔一段时间就出现新的地表物质，是蚯蚓拱上地面的。这些物质与那些灰渣覆盖下的细土极其相似，地底下的蚯蚓到底在干什么呢？它们是不是在慢慢制造土壤？

这自然又是一个疯狂的想法。达尔文的许多新发现，起初都被人们认为是疯狂的想法或举动，就如他捉甲虫，手上捏一只，又将另一只甲虫放进嘴巴里一样遭到攻击。

达尔文在客厅里开始养蚯蚓观察（自然是放在罐子里啦）。他尝试不同的蚯蚓喂食方法，并测量它们究竟能在多快的时间里将地表的叶片和灰土转变为土壤。最后，他得出结果：全英国的菜地已经多次经过蚯蚓的肠道，被蚯蚓一遍遍地吃进、排出。这个结论明确告诉人们，蚯蚓是土壤不断累积的最大功臣。

难怪，荀子在《劝学》里如此赞扬蚯蚓："蚓无爪牙之利，筋骨之强，上食埃土，下饮黄泉，用心一也。"蚯蚓食埃土，原来就是为了制造土壤呀。我才知道。

据达尔文推算，英国每一英亩优良土壤中，差不多生活着四百磅重的蚯蚓。他认为，蚯蚓每年移动了英格兰和苏格兰境内几乎五亿吨重的土壤，蚯蚓是数百万年时间尺度上重塑土地的主要地质力量。

推而广之，我们脚下的泥土中有多少蚯蚓在制造土壤？实在无法估算，但数量一定多得惊人。还有，让我们感叹的是，蚯蚓在人类出现以前，就在努力制造土壤了。

当然，用现代的视角仔细观察一下：造土大军中，不只是蚯蚓，还有许多穴居动物，如地鼠、蚂蚁、白蚁等，它们都会将岩石碎屑混入土壤。许多植物的根系也会将石头撑开。你看，悬崖峭壁上，往往长有许多生命力旺盛的植物，在此便不一一列举。在风或火的作用下，许多岩石终将变成颗粒，岁月会让它们消解，埋身成为土壤。

2

拉丁语中表示"人类"的词语是"homo"，意思为"有生命的土壤"。

土壤是我们的生命所依，循着这个思路，我想到了许多。

中国最早的农民应该是被黄河两岸大片冲积平原上的肥沃土壤吸引而来，就如同游牧民族逐草而居一样。我们完全能想象，先人们顶着冰川时代的寒风，闻着那充满诱人健康香气的泥土，用自制的石器在生命的味道里劳作，尽管"草盛豆苗稀"，但总归还是有些收成。

司马迁的《史记·夏本纪》中写了夏禹辛勤治水。大禹历尽千辛万苦，踏遍千山万水，花了九牛二虎的精力才将水患治好。其实，大禹治水就是为了治山，水患搞得民不聊生，地也不能种，自然没有粮食可以充饥了。水患一定，天下的事情全定。

那个时候，天下初分九州，大禹根据治水后九种不同的土壤等级来确定赋税。比如天下第一州——冀州，那是帝都，土质最好，色白而松软，定为上上，就是第一等；比如青州，大海到泰山之间，海滨一带宽广含碱，田地多是盐碱地，田地属上下，即第三等，赋税属中上，即第四等。

这种科学管理土地的办法逐渐形成了制度。

商朝出现的井田制就是如此。井字形状，中心一块为公田，其余八块为私田。私田耕种必须带上公田，这样，公私都有所兼顾。这其实是一种比较乌托邦式的国有土地制度，大大小小的奴隶主们怎么会满足于中间那一块呢？

戴维举例，亚里士多德的学生泰奥弗拉斯托斯将当时的希腊土地分为六种不同的类型，分类的依据是核心土层之上所含腐殖质的量，能为植物提供养分的表土层的深浅或肥瘦。我判断，泰先生应该是一位早期优秀的农业科学家，因为他的分类已经非常科学了。

千百年来，世界各地都流传着关于泥土的故事。

《左传》里有《晋公子重耳之亡》：重耳和他的随从经过卫国，卫文公并没有以礼相待。他们从五鹿经过，饿得只好向乡下人讨饭吃，乡下人却捧了一块土给他们。重耳见此大怒，要用鞭子打那个人。狐偃劝道："这是上天赏赐我们的土地呀。"重耳一听，立即磕头致谢，收下土块。

一千七百多年后，差不多的场景出现在了英国。1066年9月，威廉以诺曼底公爵的名义夺取英格兰王位。他率领一大批追随者从英吉利海峡登陆英格兰南部。当威廉从海滩上岸时，不慎跌倒在地，他急中生智，抓起一把土高声呼喊："我拥有了英国的土地！"

泥土是百姓的衣食父母，更是王侯们的性命所在。

3

从地球的成长史中可以很容易得出一个结论，土壤不只是用来种植的，它还是一个十分严密的生态系统，泥土、植物和水互相依存。你怎样对待它，就会得到怎样的回报，终将影响到人类自身的生存。

人类看中的土壤，起初都十分肥沃，但任何沃土都有地力将尽的时候。待作物将土壤的地力吸尽，或者地力下降，人类便毫不犹豫将地抛弃，另觅新地。

与普通的粮食作物相比，烟草会从土壤里吸收十倍以上的氮和三十倍以上的磷。耕种过五年烟草的地，会因为土壤的营养缺失而长不出任何东西。随后，化学的力量在很大程度上恢复了土壤的肥力，但问题是化肥的滥用不能恢复土壤。因此，人类为追求短期的目标，就在不知不觉中破坏了整个大自然的平衡。

巴尔扎克写过一篇叫《中国与中国人》的文章，其中就谈到了土壤：从前，人们以为中国有一片国土，其腐殖土深达十五到二十法尺。学者们一向主张对一切做出解释，他们说在地球运转中，中国周围大山流失的土壤都被卷到了那里。最初，美国人很快就耗尽了一些城市周围腐殖土的资源；如今，乌克兰肥沃的土壤也感到消耗过度，这些都表明土壤的肥力并不是无限的。

尽管小说家的思维有些跳跃，但表意还是明白的，他也在担忧土地不是取之不尽的宝库。

但人类一直将土地当作阿里巴巴的宝库，只管取钱，不问存款。

但存方寸地，留与子孙耕，那只是写在书里、挂在墙上的格言而已。

4

蝴蝶效应告诉我们,一个人无法阻止沙尘暴,却可以启动它。

大自然用一个个非常极端的案例来告诫人类勿滥用土地。

戴维举的这个例子,尽管发生在他父亲出生的那个年代,但仍然触目惊心。1934年5月9日,美国蒙大拿州和怀俄明州的土地被狂风撕成了碎片。狂风裹挟着三亿多吨的土壤,以每小时一百多英里的速度向前推进。在芝加哥,平均有四磅重的尘土落到了每个人的头上。纽约州东部的布法罗于中午时分陷入一片黑暗。至5月11日傍晚,纽约、波士顿、华盛顿都有大片尘土。目击者说,从遥远的大西洋海面上望过去,天空中满是巨大的棕色乌云。

严格来说,这不是沙尘暴,应该是灰尘暴。不,是泥土暴。原因就是现代化的耕作方式侵蚀土壤越来越厉害,导致土质疏松、表土流失严重,再加上干旱、风暴等恶劣气候,土壤才会毫无纪律性地在空中大部队迁移。

戴维所提供的研究资料表明:在不同条件下,一英寸土的形成所需要的时间并不一样。苏格兰需要一百六十年时间;

美国马里兰州的落叶林地则需要四千年；俄亥俄州的原生草原上，每英寸的表土层则需要一千年的时间才能形成。打个比方，这六英寸的表土层，如果让雨水来剥蚀，五千年也不会剥蚀尽，而让人类耕作，三十多年就会流失殆尽。再进一步比方，以俄克拉荷马州格思里的一片沃土为例，如果种植棉花，五十年时间就可以将七英寸厚的表土层剥蚀，而生长天然牧草，则可维持二十五万年以上。

我觉得上面的数据完全可以用来解释今天我们身边的土壤恶化现象。中国的许多草原，为什么没有以前绿、厚，而且还不断沙漠化？原因很简单：开发过度。

你认为绵羊很温柔吗？错了。19世纪时的小小的冰岛却有五十万只绵羊漫步于乡间，荒原上见不到一棵树。气候恶化，过度放牧，水土流失自然叠加。如今，只有四万平方英里的冰岛，却已有四分之三受到水土流失影响，七千平方英里的土地变得毫无使用价值。

其实，冰岛没什么可怜的，全球十分之一的土地正在沙漠化。

5

我们不要被资源不会枯竭或资源可以替代的假象所迷惑。

乐观主义者说，地球至少可以顺利维持四百亿人口生存。悲观主义者告诫，地球满打满算只能承载一百亿，或者一百五十亿人口（前提是通过光合作用制造全部有机物）。无论哪种观点都只是假设，而现实是，这个世纪末，一百亿人口就会到来。看看现状就知道，这个世界至少还有上亿人口生活在饥饿中。如果再碰上像好莱坞大片中所虚构的那些灾难，许多人就不会这么乐观了。

因为我们正在耗尽泥土。

张伯伦警告人类，如果土壤消失，我们亦将消亡，除非我们能找到以岩石为生的方法。

若干年后，即便能找到，或者迁移火星，那又怎么样呢？其他星球的资源和地球的土壤一样，也是有限度的。

泥土去哪儿了？但愿就在我们脚下，而不要乱纵横飞舞。

万物源于泥土，终将再次化为泥土。

说是这么说，但我和戴维一样，依然十分地担忧。

驴的悲剧及其他

山西省城外有晋祠，这里人烟稠密，商贾云集。

此地有酒馆，所烹驴肉最香美，远近闻名。来酒馆喝酒的人日以千计，大家都叫"鲈香馆"，借"鲈"为"驴"也。

这驴肉是怎么做出来的呢？

草驴一头，养得极肥，先醉以酒，满身拍打。再将驴脚捆在四根桩上，用一根横木从驴背上穿过，将驴头和尾捆结实，驴便不能动弹了。然后用沸腾的开水浇遍驴身，将毛刮净，再用快刀割肉，吃多少割多少。客人要吃驴的前后腿，或者背脊肉，或者头尾肉，或者肚子里的下水，随便点。

往往客人下箸时，驴都还没有咽气，一直在挣扎。

这个馆一直开了十多年。

一直到乾隆辛丑年，长白巴公延三做山西首长，听说这样的事后，立即命令地方官查处。从业的十余人都按谋财害命论罪：店老板斩首，其余的人都充军。政府刻石碑，永远禁止。

上面的情节出自清代作家钱泳的笔记《履园丛话》卷十七《报应》。

驴的悲剧，在古代中国大地继续上演。

我们将镜头转向陕西。陕西有"汤驴"，驴肉当特产送人，据说味道极佳美。那"汤驴"又怎么制作呢？

先用厚厚的木板铺地上，要稍高出地面一些，再用钉子将木板逐一钉牢固。然后在木板上凿四个洞，洞的大小要和驴的四个蹄一样。做完这一切，就将驴子拉上板，驴蹄踩在木板洞中，驴身转动不得。接下来屠夫要做的是，站在高处将滚烫的开水从驴头开始浇，一直浇到尾，遍体淋漓。无论驴怎么挣扎，木板像铁板一样坚固，不一会儿，驴毛全部脱尽，全身雪白，再看驴早已气绝，驴肉也已烫熟。

接下来，屠夫将驴从木板上解下，开膛，剖去肠脏；分割其肉，割成大大小小的块状，挂在有风的地方，风干。

吃货们若还嫌此时的驴肉太松，就将肉用芦篾上下夹好，放在四通八达的大道上，任车马往来践踏，久之才将肉收回。

这样做出来的驴肉珍贵异常，不是重要筵席不轻易上桌，在陕西本地也极贵重，将它当作重要特产馈赠。

清朝初年，扈申忠巡按陕西得知"汤驴"一事，严厉加以禁止。如有犯者，处以重法。此后，这种吃法才慢慢止息。

描述"汤驴"的作者也是清代作家，叫宋荦。他在《在园杂志》卷四中不仅写了驴，还写了铁脚、鹅掌、炮鳖，状也极惨烈。

铁脚。天津卫有小鸟生着一双黑爪，人们叫它"铁脚"。烹炒的小鸟味鲜爽口，常用来作为下酒物。

看人们怎么拔毛的。这种鸟群居生活，群飞时用网罗之，一网可得好多只。将鸟抓到后，地上掘一个坑，用火烧红，将鸟从网中倒入坑中，用东西盖严实。铁脚们在坑里乱飞相撞，热气交加，互相扑打，鸟毛很快脱落。

鹅掌。明朝太监极喜欢吃鹅掌，但嫌鹅掌不够肥，怎么解决这个问题呢？他们先用砖头砌一个火坑，将砖烧得通红，然后将鹅赶到火坑里。砖烫，鹅站不住脚，只能在火坑里不断地跳来跳去。跳就是逃命，一身血脉都集中到掌上，跳得越快，掌也就越肥厚。不久，鹅受烫不过，就死掉了。

对这种吃法，有一个叫谦光的和尚曾经发愿："老僧无他愿，鹅增四脚，鳖著两裙，足矣。"

烈热中的鹅，如果有四只脚，是不是可以跑得快些，以至于飞走？显然不可能，如生四脚，说不定更激励了太监们涌动的内心。鳖穿两裙，又是怎么一回事呢？

宋荦继续描写。

江淮一带的僧人喜欢吃鳖，他们的做法远胜于俗家。用铁锅将水烧一下，微温，将鳖放进锅内。锅盖上预先凿出洞，洞的大小刚好够鳖头伸出，几只鳖几个洞。锅盖四周，再用重物压住。然后，在灶下不断添柴，水慢慢热起来，越来越热，锅中鳖热得受不了，沿锅盖圈一找，上有亮光，有一个洞，头迅速伸出。鳖头伸出四下一瞧，看到什么场景呢？上面有匙，匙上有汁滴下。这个汁是和尚们事先准备好的，用姜汁、椒末、酱油、酒、醋，和匀调好，趁鳖憋不住热伸出头时，用匙挑而灌之，五味尽入腑脏，遍身骨肉皆香而死。临死前，鳖们痛苦异常，和尚们合着掌祈祷："阿弥陀佛，阿弥陀佛，再忍片刻，就不痛啦！"

我家附近有中国刀剪博物馆。有次，进去参观了一下，一圈下来，什么也没记住，只在一把标有"猴脑剪"的展柜前停下了脚步。

该剪其实也没有什么特别之处，形体并不大，中等显小，只是刀口部位略尖而已。如果没有文字说明，绝对不会想到它是专门用来取猴脑的。剪刀的历史已经有百来年了,但并没标明产地。

所有的都不重要,重要的是它曾经作为一种普通产品而生产,重要的是许多地方曾经有活吃猴脑这道菜(我在一本清末时期法国人写的书里读到过中国人活吃猴脑的细节)。

冰冷的"猴脑剪",没有任何表情,静静地躺在大运河畔的博物馆里。

例子不举了,有好些看得人心惊肉跳。

只要不是素食主义者,或者职业限制,人都得吃肉,但活吃驴肉、活吃鹅掌、活吃铁脚、活吃鳖等一系列的活吃,真让人毛骨悚然。

为什么要活吃?图的只是鲜活,血是鲜的,肉是活的。

那大批涌到"鲈香馆"的食客,将"汤驴"当作宝贝的人,冲的就是驴肉的鲜活,柔、嫩、滑、鲜,他们视挣扎的驴而不见,只顾饱口腹之欲。

酒醉的驴子被一刀一刀割着,生不如死;被木板绑着的驴子,被开水从头烫到尾,生不如死。

动物保护主义者痛斥这种惨无人道的吃法。宋荦也在文字里谴责和怜悯:"其死甚于一刀,恸楚为何如耶?""适于口，忍于心矣。""吾不知其是何心也！"

现代，餐馆里还有家常菜：醉虾。用白酒将虾灌醉，放入各种调料，食客将箸伸进虾盆里，那虾间或还要跳动几下。不管它如何跳，食客们却是一边咂味儿，一边吐出虾壳，还不忘赞美醉虾的味道。

"鲈香馆""汤驴"谋大量钱财，害活驴性命。清朝这样的判法，绝对尊重生命。

哀驴，就是一面历史折射镜。

吃得奢侈，往往是道德上的作死，无论古今。

这回，我们来谈谈死亡

曾经去肿瘤医院，探望一位亲戚，刚六十岁。手术很成功，见面后他却唉声叹气："我怎么会来这里呢？"我们聊了他的烟龄，聊了空气，聊了心态，聊了免疫力。我还和他聊了马原，就是那个肺部检查出重大问题，然后辞教职、卖房子，到西双版纳高山上造了房子的小说家马原。

本来，还想和他聊我最近读的一本书《哲学家死亡录》，为英国作家克里切利所著，记录了上至古希腊，下至今日，跨越数千年的190余位哲学家的一些值得铭记的死亡事件。转念想，在病房里直接谈死亡，显然不合时宜，我还是和读者谈吧。

事实上，我和那亲戚一样，不，几乎所有人都恐惧死亡。"死亡同太阳一样，让人无法正视。"（拉罗什富科）

肉体消失，我们都想极力否认，但又义无反顾地奔向健忘，愚蠢地陶醉于占有钱财带来的肤浅感受。我们不断赞美医学的进步，不断赞美各种形式的长寿。同时，我们还会努力寻找那些能拯救死亡的各种仙方。巫师、道士们对长生不老的许诺，总令历代皇帝们神往，并为之竭尽全力。

哲学家们却很清醒。

蒙田直言："探讨哲学就是学习死亡。"难怪那些哲学家死得千奇百怪，哲学家死得也哲学。因为哲学家这样认为，教会人们死亡，也就是教会人们活着。换句话说，预先思考死亡等于提前谋划自由。再通俗一点讲，就是不懂好好死的人，也不会好好活。

苏格拉底坚持认为，哲学家在面临死亡的时候应该高兴。

他被判决死刑之后，发出了惊人的语言："现在分手的时候到了，我去死，你们活着；究竟谁过得更幸福，只有神知道。"

在他的学生，柏拉图的记述中，苏格拉底发出这样的惊人语言一点儿也不奇怪。死亡具有两种可能性：它或者是一种湮灭，死者不会再有任何意识；或者如有人所说，它是一种真正的转变，灵魂从此地迁徙到彼地。二者必居其一。

到底是先哲，按这样的说法，无论哪种是真，死亡都不值得害怕。如果是一种湮灭，那它就是一次漫长的无梦之眠；如果它通向某地，那将会见到很多老朋友，还能与一些不朽的人交流，两者都是非常美好的事情。

因此，死亡本身没什么可怕，认为死亡很可怕的看法才是可怕的。

现实中，很多人都认同第二种结果。世界上的各大宗教讲的也是"有来生""上天堂"；中国古代的各类神话对彼岸那个世界都有极其生动的场景描写。泰戈尔有诗：死亡不是油尽灯枯，它只是熄灭灯光，因为黎明已经到来！

庄子的老婆死了，他在敲盆子庆祝，惠施认为有些不妥。庄子却大笑着说："老婆平静地仰睡在天地之间，我反而在旁边哭哭啼啼，这样实在太不懂生命自然的道理了。太阳和大地都将是她的棺材，她只是从一种存在形式转向另一种存在形式而已，所以我应该欢庆她的死去。"

叔本华和弗洛伊德整天都在琢磨死亡的事情。在悲观主义者叔本华看来，世界仅仅是一系列转瞬即逝的现象，人生是以受难的方式逐步走向死亡。生命是向死亡讨来的借贷，而睡眠，不过是缴付每日的利息。

看哲学家如何死亡：

赫拉克利特，将自己闷死在牛粪里；

埃斯库罗斯，据说是一只老鹰将一只乌龟扔到了他的秃头上，被砸死了；

恩培多克勒，想成为神，跳进了埃特纳火山口；

柏拉图，据说是用乌头毒草毒死了自己；

第欧根尼，自己憋气窒息而死；

阿维森纳，死于激烈性交之后的鸦片服用过量；

培根，为了评估冷藏的效果，往一只鸡体内塞满雪，观察冷冻作用，因天气寒冷得感冒死了；

孟德斯鸠，死在了情人的怀里，留下了一篇未完成的论文；

狄德罗，吃杏时噎死；

康德，死前最后一句话是"够了"；

边沁，让人将自己的尸体塞满稻草，坐在伦敦大学学院中的一个玻璃盒子里供人观瞻，目的是让自己的效用最大化；

梭罗，在一个雨夜，去数三棵树桩上的年轮，染上了支气管炎而死。

显然，哲学家的死亡没有多少值得称道的，只是怪诞而已。这肯定不是作家克里切利写作的重点，却是卖点。虽然他直言，哲学家最伟大的艺术作品往往正是他们的死亡方式，但他还是通过哲学家的死亡很简练地回顾了哲学家的成就。这样，《哲学家死亡录》就显得极其有趣、有深度。

当然，克里切利的书中还有不少自己第一手的研究材料。

比如第欧根尼，这位被称为"疯掉的苏格拉底"，有很多趣闻：他住在一只木桶中，夏天就在炽热的沙滩上滚来滚去，冬天则通过拥抱落满雪的雕像来习惯寒冷。他认为，听柏拉图的课是浪费时间。有一次上课时，柏拉图将人定义为一种两足无毛动物，得到了热烈的掌声。第欧根尼就跑到市场上，将一只鸡的毛拔光，一把拎到了讲台上，向听众宣布这就是柏拉图所说的人！

哲学家很另类，他们的死法很另类，但也有形象很正派的，比如伊壁鸠鲁。

伊氏在所有的事情上都奉行节制原则。他曾感慨，只要拥有一个大麦面包和一些水，他就敢和宙斯比幸福。他关注培养人们的幸福感，这是一种没有欲望、烦恼、焦虑的生活。如果人们总是渴望拥有他们没有的东西，他们将永远不会幸福。他这样说死亡："练习好好活，与练习好好死，是同一回事。"

写到这里，结论已经相当明确，死亡是人类生命的组成部分，死亡也是人类成长的最后阶段。

一定会有很多人反驳，死亡那么美好，你为什么不去死呢？我不回答，我用下面这个故事借代。

泰勒斯，通常被认为是人类第一位哲学家。他坚持认为生与死之间没有差别。有人就反问："那你为什么不去死呢？"他答道："因为没有差别！"

无论怎么说，生命的短暂或漫长与死亡的永恒相比，都不值得一提。

7853号小行星叫孔子，7854号小行星叫老子，即便孔子、老子都变成了天体，也不会永恒！

因此，被伏尔泰称作"最伟大的人"的马可·奥勒留创作的《沉思录》，就可以当作我们每一个活着的人的座右铭：

"把每一天都当作最后一天来过，永不慌乱，从不冷漠，也永不装腔作势——这便是人性的完美境界。"

一句话，我们来谈谈死亡，就是为了获得当下。

"显贵"转了四个弯

哲学家中山公子牟到秦国游学，将要回国的时候，去拜访秦国宰相范雎。范宰相很谦虚地问："您就要离开我们国家了，根据您的观察和研究，给我一些意见和建议吧。"哲学家说："哎，我正要和您说几句呢。"

于是，哲学家和范宰相说了四个对应关系。

显贵和财富没有必然的联系，但人一显贵，财富就跟着来了；财富和美味没有必然的联系，但人有了财富，美味就随之有了；美味与骄奢没有必然的联系，但一味追求美味就容易骄奢；骄奢与死亡没有必然的联系，但死亡会因为人的骄奢而到来。历代以来，因此而丧命的人太多了。

范宰相听完，若有所悟地说："您的告诫太重要了！"

不愧是哲学家，"显贵"在他的嘴里七绕八拐，转了四道弯就变成了死亡，或者离死亡很近了，着实让人汗流如注。

显贵转了第一个弯，他首先碰到了财富。

达到显贵，应该是许多人的梦想。显贵并没有什么不好啊，只要这个显贵是他自己努力得来的，就不太会让人诟病。因为在他通往显贵的道途中，显现着人类的进取心。人们痛恨的是那些费尽心机、不择手段，甚至丧尽天良而得到的显贵。显贵的标志应该有很多，对一部分人来说，一个重要标志应该是财富。如果财富都没有，那不算显贵。

但有财富并不见得都显贵。法国作家鲁维洛瓦在《伪雅史》中说："在法国三四千个真正的贵族家庭中，只有一千多个才有爵位。而这一千多个当中，有三分之一只是在君主制时期才获得爵位的。"这就是说，有许多都是通过非正当途径得到，有的干脆就是假冒。著名作家雨果也干这事，他追本溯源，说他祖先是某个乔治·雨果，一个在16世纪末被洛林公爵封为贵族的上尉。事实上，维克多·雨果的父亲约瑟夫·雨果，出身木工家庭，和乔治·雨果八竿子打不着。

白居易的掩饰也让他的形象大打折扣。他说他的祖宗先是楚国贵族，然后是秦国著名大将白起之类，最后就到他们家了。其实，当时的李商隐就怀疑了，后来才搞清楚他是胡人，是北方的某少数民族，因住在一个叫白山的地方，所以就姓白了。

对另一部分人来说，有功名之初并没有财富，比如范进，他中举前连吃饭都成问题。这基本上是一个规律，因为许多显贵都出自寒门。财富碰到显贵后自然非常亲切，因为财富有他原始的或者说是天生的企图，通过显贵再聚财富。所以，显贵的立场非常重要。他必须要有一双火眼金睛，才能认清财富的真相，否则财富很容易俘获显贵，撂倒一个俘虏一个，撂倒一个俘虏一个，屡试不爽！

显贵拥有了财富后显得无比自信，转了第二个弯，他碰到了美味。

这是人之常情。食色是人的本性，没什么好怀疑的，吃好喝好也是经济繁荣、人民富裕的标志嘛。这个不多说了。

显贵有了财富，再有了美味，就像天天生活在天堂里，都不想挪动身子了。这样一天一天地过日子，神仙也羡慕。但他必须启程，有人在前头焦急地等他呢。于是，他转了第三个弯。这回，"骄奢"正张着有力的双臂迎接他。

显贵心里其实很清楚，他和骄奢势不两立，他想将骄奢轻松击倒。

显贵和骄奢正面相对，做出一副要闯关的样子。他知道一切吃的历史都是道德的历史,他非常看不起骄奢:"你不就是那个骄奢吗?你有什么了不起的,你又不会创业,你不就是凭着几个臭钱张牙舞爪吗?"显贵回头和其他显贵说:"我们不要理会骄奢。你们看,商纣王酒池肉林,他不是灭亡了吗?"不幸的是,骄奢很强大,他大大咧咧地说:"您不要骂我了,骄奢我不是什么坏人,骄奢我是让您享受的。请吧,请吧。来吧,来吧。我是财富的化身,我也是您显贵的化身,鸟还为食亡呢,享受一下美味又如何呢?!"于是,几个人一个晚上可以喝掉七十万的拉菲,一年可以吃掉3000个亿。显贵的意志不那么坚定了,先是很小心,最后欣欣然而忘怀。

显贵这个时候已经集财富、美味、骄奢于一身了。他尽管风光无比、外表快活,内心却异常沉重,行事也格外地小心翼翼,因为他担心……但是,在第四个转弯口他还是不幸碰到了死亡。

这个时候,显贵已经不那么强大了,已经没有力气决斗,他在和死亡商量:"能不能给个方便,让我往回走,重新来过?"死亡笑笑说:"呵呵,人生不能后退,这是规律,你能逃得掉规律?来吧,来吧,下辈子别犯傻了!"

财富笑了,美味笑了,骄奢笑了,因为他们可以一直重生,所以他们一路轻松地牵引着显贵来见死亡。

死亡板着个脸孔,其实他并不欢迎显贵。死亡累得很,几千年来接待任务太重了,他只是在执行中山公子牟那个哲学家的遗嘱而已。

柏拉图的斧子

美国作家贾德森和我说,在纽约大都会博物馆的地下室里有一把历史悠久的斧子。这把斧子是柏拉图先生用过的,它由锋利的青铜斧头和结实的高加索山黄杨木手柄构成。

以下大概是博物馆演绎的故事。

柏拉图有把自己用的斧子,然后把它传给了弟子。有一天,斧子的手柄劈裂了,于是手柄被换成了橡木的。斧子在哲人弟子手中一代代传下去,一直传到了小亚细亚。那里的阿拉伯人,在西方中世纪时期,曾经是希腊哲学与科学智慧的守护人。尽管悉心保护,但斧子还是被腐蚀了,于是斧子被换成了锋利的大马士革钢斧头。接下来,斧子又传到了新大陆,这个时候,斧子的手柄也出现了问题,又被换成了山核桃木的。

两千五百年来,这把斧子还经历了一些其他的修理与更换,现在依然锋利美观。

这基本上可以把它看成一个寓言了。

它告诉了我们什么？这把斧子虽然不断在变，但其间的规律非常明显：延续与变化。虽然材质不断更换，但人们始终认为它是柏拉图的斧子，产权一点儿没变。

柏拉图那把斧子，它的斧头、它的手柄，是注定要被改变的，因为时间。时间就是一个历史的检验器，任何东西都会在她面前显形。斧子，青铜材质，也会长氯化亚铜，就是铜锈；木手柄，不管是什么材质都会腐烂，再长也不过数十数百年，即便不烂，出土后也随即风化。但是，只要斧头和手柄不同时消失，那么代表柏拉图的符号就可以得到延续。这个延续就是不断地修理和充实。特别要关注的是，这把斧子并不是高高地搁起来、供起来，它还是可以为人们所用的。它能帮助人们劈柴、生产，总之，它依然是人们日常生活中须臾不可少的。

于是，我们可将这把斧子看成是一种持久的制度。

有这么久的制度可以一直延续吗？几乎没有。不要说数千年，几百年也很少，有的时候就是坚持几十年也难能可贵了。这个道理在斧子中得到了明显的体现。现在我们要梳理的是，在被延续的制度中有多少传承下来的影子呢？

有一天，颜渊问孔子："怎么做才是仁呢？"

孔老师回答："克制自己，一切都按照礼的要求去做，这就是仁。一旦这样做了，天下的一切就都归于仁了。实行仁德，完全在于自己。"

颜渊再问："请问实行'仁'有哪些具体的条目呢？"

孔老师细解："不合礼的不要看，不合礼的不要听，不合礼的不要说，不合礼的不要做！"

在孔子看来，礼崩乐坏是一个坏时代的典型征候，只有全社会都遵行礼，整个国家才有希望被治理好。孔子极力复礼，礼就是好的制度，礼的优化功能已经被证明好几千年了，他要努力去恢复。礼就是一把斧子，不是柏拉图的，是同时代孔子的。

再比如法，从《汉谟拉比法典》开始，一直到现代的司法制度，有许多的不同，而这种不同只是根据各国的实情必须要体现的不同而已。但它所秉承的公正公平，相信一定会当作法理的主要精神被尊重和执行。即便是封建帝王，为了治理好他的国家，使国家万世长存，他要求"王子犯法与庶民同罪"，绝不容许有谁凌驾于法律之上，除了他自己以外。在人类社会发展的长河中，有这么一点点被延续和继承，足够了。

当然，无论从什么角度看，制度肯定有好有不好的。它需要和时代契合,因地因时因人而异。因此,能流传的制度也不见得都是好制度,那些坏的制度说不定也能流传并发扬光大。

这就好比柏拉图的斧子,已经掺入别的物质,从而使斧子变形了。不过,我们仍然可以把它看成是柏拉图的,因为这已经涉及斧子内部的构造问题了。这也就是说,这是一把什么性质的斧子,和我们讨论制度的持久,其实是两个概念。但整体观察柏拉图的斧子,必须要分析到它的内部。

柏拉图的这把斧子,一定还会长久地放在博物馆中供人瞻仰。但在科学快速发展的今天和明天,我们宁愿它只是静静地躺在那里,成为象征,成为镜鉴,而不要成为人们生活的羁绊。

耐烦有恒

我多次请书家书写"耐烦"两字,是因为这两字能够时刻告诫自己,虽然一介布衣,仍然觉着"耐烦"事关做人做事的全部。

先解"耐烦"的基本义。

耐,经得起,受得住;烦,从火从页,身体发热、头痛,引申为烦闷、烦躁,繁杂、琐碎,烦忧、烦劳。耐烦,就是要顶得住碎烦的人和事。因此,耐烦并不难懂,且是个使用率极高的常用词。

意思简单,并不代表能做到做好。

年轻时的曾国藩也曾风流放荡懒散,当他经过内心自省,特别是做官后就将"居官以耐烦为第一要义"奉为座右铭,几乎苛刻地遵从。耐,就是要和急躁浮泛作抗争,虚壹而静,虚心、专一,内心镇定,从而到达宁静的彼岸。曾国藩深知,自己处事如果不急不躁、无怨无悔，就能时刻保持头脑清醒，如此才能有效地驾驭部下，在任何场合都能做出正确的决断。性烈如马，急躁冒进，只会自乱阵脚，昏招迭出。

曾国藩以"耐烦"作为做官戒律，自然八面玲珑，顺风顺水。他大尝"耐烦"的好处，将"耐烦"扩大到做人做事的方方面面。他的观点是人生不如意事常八九，怨天尤人不是办法，只有摒除烦恼，直面现实，冷静思考，才能找出解决之道。

其实，"居官以耐烦为第一要义"并不是曾国藩的发明，它是明朝嘉靖年间户部尚书耿定向的名言。耿尚书曾这样告诫向他求教的某县令："历代做官的名言中，都没有说到'耐烦'，而我认为'耐烦'却在廉洁之上。'耐烦'了，就会虽烦而不厌其烦，做什么事都会成功。"

曾国藩的名言，一定在沈从文心里打下了强烈的烙印，沈从文也一定崇拜他的著名同乡，于是他也将"耐烦"作为自己的戒律。不过，沈从文将"耐烦"的意义发展延伸为锲而不舍，不怕费劲。

我是在汪曾祺的回忆文章《星斗其文，赤子其人》里读到这些文字的。汪是沈的得意弟子，汪的回忆应该准确："沈先生很爱用别人不太用的一个词,'耐烦'。沈先生认为自己不是天才,只是'耐烦'。他对别人的称赞,常说'要算耐烦';看见儿子小虎搞机床设计,勉励'要算耐烦';看见孙女小红做作业,也鼓励'要算耐烦'。"这里的"耐烦"的意思偏重于做事要不怕麻烦,持之以恒。其实,关于"耐烦",沈从文自己也有解释:"北方话叫发狠,我们家乡话叫'耐烦',要扎扎实实把基本功练好,不要想一蹴而就。"

综观沈从文的一生,他真是"耐烦"的杰出践行者。不说他文学的辉煌,单单是他的服饰研究成就,就达到了前人少有的高度。但是,有多少人能耐得住这个烦呢?

这个世界,无论古今,无论中外,都有无数的烦恼考验着我们的耐心。

英国哲学家罗素在《快乐的世界》里,为我们列出了一百多年前他那个国家生活中的三类邪恶:一类是物质的,如死亡、痛苦以及使用田地难以生产出粮食;二类是性格的,如愚昧无知、缺乏意志以及暴烈的脾气;三类是权力的,残暴专制,用武力或者用精神去干涉别人自由发展。罗哲学家认为,三种邪恶没有明显的界限,它们相互牵制、相互影响。他还给出了解决的基本途径:用科学去对付物质的,用教育去干预性格的,用改革去完善权力的。这些邪恶就是影响人们快乐的主要因素,必须要解决。

其实,我们完全可以将这些生活中的邪恶看作是烦恼,从生到死,从生活到工作,从物质到精神,烦恼总是抱团而来,想躲也躲不开。面对烦恼的包围,最有效也是最简单的拆解方法就是"耐烦"。在耐烦中注入科学、教育、改革等生动活泼的因子,从而做到耐烦,解决邪恶。

以倡导生活禅为主的星云大师,面对他的信众,不厌其烦地讲要"耐烦"。

他告诫人们,人要有足够的耐心。生活中,等人、交友、听话、处众、学习、成熟都要"耐烦",还有生病、守信、工作、家事、孝亲、人情,更要"耐烦"。"耐烦"做人,才能把人做好。

于是,我们就可以将"耐烦"的外延和内涵进一步拓展,比如修养、度量。善于倾听和沟通,站在别人的立场上观照自己,站在自己的立场上思考对方。或者退一步海阔天空,忍一时风平浪静。

但要防止另一种"耐烦"。

电视剧《人民的名义》中,孙连城区长是反面镜子。大风厂批地的事、信访办窗口改造的事，他都不急不躁，似乎耐烦得很。上可推给贪官丁义珍，下可责骂信访办。下班时间未到催着上访者离开，回到家躲进阳台仰望星空。反正升官无望，就这么耗着呗。他耐烦了，骨子里却是在推卸责任。孙连城是撞钟占位干部的虚构形象，不过现实中"孙连城"一定有不少。

就现代社会来说，居官要耐烦就是要以民为重，心里装满百姓。百姓是你的主人，你就会耐烦，谁会对自己的主人不耐烦？百行百业，当医生、做教师也要耐烦，把病人和学生都当成自己的家人和孩子，就没有理由不耐烦。至于你求人家办事之类的，更要耐烦，帮你是情分，不帮你是本分。以此类推。

我可以毫不夸张地断言，人与人的差异就在"耐烦"和"不耐烦"之间。

迅速将"耐烦"培养成自己的工作和生活方式，并成为你思想乃至身体的一部分。

"耐烦"且有恒，便能有一种平和的巨大力量，战胜所有的烦人和烦事。

第二辑·为伊折枝

为伊折枝

挟泰山以超北海,是不能也;为长者折枝,是不为也。大部分时候,我们帮助人,只是折枝而已。

1

读完《庄子》,感觉庄周什么事都讲理,说寓言给你听,讲笑话给你听,是一个不太会生气的智者。但有一次,他却为饥饿生了气,生了很大的气。

马上揭不开锅了,为了一家老小,庄周厚起脸皮,去往他做漆园吏时认识的老朋友监河侯那里借点粮。监河侯却找了个理由搪塞:"好的老兄,待我租地上的租金收齐,借你三百金如何?"庄周赶了两天的路,眼冒金星,腿脚乏力,自然生气了。不过呢,哲学家依旧斯文,著名的成语"涸辙之鲋"诞生了:

"昨天早上,我在来的路上听到了微弱的呼救声,仔细寻找,发现车辙辗出的小沟中躺着一条鲫鱼。我很惊讶地问:'鲫鱼呀,你从哪里来呢?'它对我说:'我是东海神的臣子,请给一升水让我活命吧。'我立即答应了它:'好的好的,东海臣,我将往南去游说吴王、越王,再说动他们引西江的水来迎接你,这样可以吗?'东海臣向我大发脾气:'我只要一点点水就可以活命,您却这样调侃我,那不如直接去鱼干店找我吧!'"

老师在给孩子们讲这个成语的时候,谆谆告诫:"少说空话,多办实事。"还要顺带贬一下不讲情义的吝啬的监河侯。

对监河侯来说,庄周只需要几升粮食就可以渡过难关,大量的银子庄周眼前并不需要。而且,庄周说得很清楚,是借,不是白要。

救眼前急是帮助人的最常见方式之一。

不吃嗟来之食,是谓帮助的底线。

2

现在,我们来看孔子帮助人的方式。

朋友死,无所归,曰:"于我殡。"(《论语·乡

党篇》)

朋友去世，因为家道中落，或者子孙不肖，无人料理后事，孔子说："我来负责这位朋友的丧葬。"

但孔子帮助人，有他自己的原则。

孔子最中意的学生颜回死了，孔老师悲伤之至："这是老天要亡我呀，这是老天要亡我呀！"见孔老师哭得如此伤心，跟随在旁的学生劝道："老师，您过度伤心了！"孔老师对他们的劝理也不理："我不为这样的人过度伤心，又要为谁过度伤心呢？"

这时，颜爸爸向孔老师寻求帮助来了："孔老师，我葬儿子，您的专车能否借一下用作运棺的礼车？"孔子抹抹眼泪，却摇头不借："不行。去年，我的儿子孔鲤去世，也是只有棺而没有礼车，颜回和孔鲤都是士，依礼出殡是不得用礼车的。而且，我将车借你做礼车，我自己就要步行送葬，我曾经做过大夫，依礼是不可以步行送葬的。"

同学们要为颜回举行隆重的葬礼，孔老师也加以阻止。但这一次，同学们没有听老师的话，孔子于是感叹："颜回呀，你把我看作父亲一样，我却不能把你看作儿子一样。同学们做的这件不合礼的事，不是我的主意啊！"

这也就是说，那个时代，家富也不应厚葬，否则就有违礼之嫌。

从理想上帮人确定，从行动上帮人矫正，一切都围绕着"仁""礼"两字，这是孔子认为一个理想社会中完善人格的标配。如果有任何越界行为，都视为需要帮助和教育。

在帮助人时设置一些原则，孔子应该开了先河。

3

雅典城里有一个很著名的人，狮子鼻，厚嘴唇，暴眼睛，矮个子，他就是容貌平凡的苏格拉底。苏格拉底一直自由自在地生活着，白天上街聊天演说，海阔天空，东南西北，身后常常跟一大群人。青年柏拉图每天上街，就是寻找苏格拉底。

有一天，和苏格拉底居住在不同社区的梅勒托，一纸诉状将苏告了：

> 梅勒托的儿子（住于庞托斯区），控告苏福罗尼斯库的儿子苏格拉底（住阿罗珀克区）。他发誓确证以下事实。苏格拉底的罪过：（1）不崇拜本城邦

所崇拜的神,而是介绍新的和不熟悉的宗教实践;

(2)更有甚者,他腐蚀青年。本起诉人要求给以死刑处罚。(〔英〕A.E.泰勒《苏格拉底传》)

苏格拉底可以选择自愿流亡,或者交一笔罚款,也有无数个机会逃跑,但他什么都不做,只是静静地等候审判。在监狱的一个多月里,探望他的人连续不断,甚至有不少外国人。他每天都在和这些人的谈话中度过,他甚至还第一次写了一首诗来自娱。

公元前399年的一个残酷日子,十一人的审判委员会判处苏格拉底死刑,立即执行。日落前,苏格拉底静静地接过狱卒递过来的一杯毒药,神色镇定,一饮而尽。送行围观的朋友哭哭啼啼,有的甚至哭得歇斯底里。双脚开始沉重,苏格拉底躺倒在草席上,并用草荐盖住了头。一阵静默之后,苏格拉底掀开头上的草荐,说了最后一句话:"克里托,我们还欠阿斯克勒庇俄斯一只公鸡呢,帮我还债,不要忘记了。"

哲学家苏格拉底对死亡一定有自己独特的认识。死对一个好人来说,就是一场戏的开幕,灵魂会进入更自由的王国。更重要的是,他不越狱,不申辩,只是想用自己的死来维护雅典法律的权威，并帮助唤醒沉睡之中的雅典民众。

果然，雅典人终于明白并懊悔了。他们处死了梅勒托，还为苏格拉底立了一座雕像。

以鲜活的生命来换取民众的觉悟和觉醒，苏格拉底用死帮助了雅典民众，也成就了自己。

4

我读南宋林洪的笔记《山家清供》，里面有一则《真君粥》，说是一道菜，其实是一种粥，但此粥因董真君帮助人而来。

"真君粥"制作方法极简单：将杏子煮烂，去核，等到粥熟了，再放进去一起煮。但此粥的来历不简单。

真君姓董，原名董奉，三国时期名医，他和张仲景、华佗齐名。林洪说，他去庐山游玩时，听说董真君还没有成仙时种了很多杏树。丰收之年，他用杏子换谷子。如果收成不好，就将谷便宜卖掉。灾荒之年，他救活的人很多。后来，董真君白日里升仙，当地有诗流传："争似莲花峰下客，栽成红杏上青天。"林洪感叹："难道一定要专门炼丹服气追求成仙吗？如果有功德于众人，即便没有死，他的名字也已经进入仙簿了。"因此用董真君的名字来命名这种粥。

这个董真君，医术高明，医德高尚，救人无数。

其实，我在读葛洪的《神仙传》时，已经知道董奉升仙的原因，但细节和林洪记叙的略有不同。董奉在庐山时，为人治病，不收钱物，但也有要求：病重治愈者，病人要在其门前种五棵杏树；病轻治愈者，种一棵就可以。董奉妙手回春，数年之后，居然有十几万棵杏树种下。等杏子大熟之季，他便以杏换谷，然后用换来的谷子救济贫穷人家。庐山附近的许多穷人都是靠他救活的。

以种杏树代替药费，类似政府实行的以工代赈，但董奉个人行为的意义显然更高一层。以工代赈，毕竟是一种等价交换，而董奉想的全是施与，且这种帮助人的方式，患者举手之劳便可完成。用杏换谷救济穷人，种杏者也积下了功德，真是一举数得。

白日里升仙，虽无稽之谈，却是民众对董奉的诚挚感赞。某种程度上，数十万亩的杏林、粉红的杏花、黄灿的杏果，也帮助装点了庐山的天空。

喝着真君粥，看着杏花林，杏林春暖，大地和人间都充满了爱意。

5

家境贫寒的普鲁士青年费希特，迷上了哲学和神学。他向著名哲学家康德寻求帮助，康老师颇爱才，对费希特说："借你钱，到时候你还不出，这有损于你的道德和人格。这样吧，你写一本书，我帮你出版，你就可以拿到报酬了。"费希特基于对康德批判哲学的研究，结合康德哲学和神学领域之间的联系，很快写下了长文《试评一切天启》。康老师一看，真有水平，高兴坏了，但他又想到费希特没什么名气，随便出版一本书，影响不会大。于是，他将费希特的名字隐去，匿名出版。

此前，康德的"三大批判"（即《纯粹理性批判》《实践理性批判》《判断力批判》）已经在德国非常著名，而费希特的这本书也带着浓厚的批判色彩，读者以为这是康先生又一次推出的大作，于是大卖。一个适当的时候，康德亲自撰文，澄清事实并公开赞扬了费希特的著作。这样，费希特在哲学界的地位一下子就树立起来了。

我以前写过康德，这位安静的哲学家，内心有多强大呀！他一辈子没走出过生活的镇子，每天在固定的时间和地点散步，以至于镇上的人们将其当作时间来看待。哟，康老师出来散步了,是下午的几点几分,分毫不差。而他对费希特的帮助就是一种阔大胸怀的显现。康德大费希特三十八岁,他始终相信,年轻人的成长,合适的机会极其重要。他不仅帮助费希特出书,还推荐费希特到大学任教。现在,我们在看费希特成就的时候,一定会看到康德老师对他的影响。

培植土壤,给其阳光,像对待植物一样,让其有足够的成长空间。

这样的方式帮助人,颇似人类社会文明进步的推手,尽管力量是微弱的,但会产生楷模效应,积弱成强。

6

1919年夏,24岁的林语堂已经任教清华,他申请到了去美国哈佛大学留学的一半奖学金,80美元。那个时候,大名鼎鼎的胡适风头正健,美国哥伦比亚大学博士毕业,在北京大学英文部教授会做主任。不过,这是个虚职,没什么实权。他听说林语堂的事情后,鼓励林语堂:"如果你毕业后肯到北大来教书,我们每月可以补助你40美元。"但这只是胡适的口头承诺,并没有书面合同。

林语堂自然开心,高高兴兴地带着夫人一起去美国留学。但那一半奖学金,再加夫人的陪嫁银圆,也经不起食宿、疾病等的折腾。青黄不接时,林语堂一个紧急电报打给胡适,胡适立即汇款500美元。林语堂读完哈佛,又去德国莱比锡大学读博士。而此时,清华的那一半奖学金也停发了,林语堂又一个电报给胡适,请求北京大学支援。不久,1000美元就到了林语堂的手中。

1923年,林博士带着满满的信心回到国内,前往北京大学英文部做教师。自然,他第一件事就是去找胡适当面致谢。不巧的是,胡适正请假在南方养病。林语堂于是找到蒋梦麟校长,感谢北大这么多年来对他的照顾,他这次是回来报答的。蒋校长一听情况,大吃一惊:"我们北大,没有这样的奖学金计划哎,这一定是胡适本人支助你的。"

无法描述林语堂当时吃惊的表情。不过,这位日后写了极好的传记《苏东坡传》的大作家,善于描写人物的内心,而他此时的内心一定五味杂陈难以描绘。

我对胡适的认识,在读了一些他的传记后,逐渐清晰起来。撇开他所有的学问,仅做人一项,就让许多人难以望其项背。

以虚拟奖学金的方式，帮助林语堂安心完成学业，而且胡适没有在任何场合张扬过这件事，即便在自己的日记中也都没有写过。这件事的披露，还是四十多年后，晚年的林语堂在胡适的墓前悼念，自己说出来的。他说，虽然他最后将钱还给了胡适，但这份帮助他一辈子铭记。

胡适还帮助过顾颉刚，帮助过陈寅恪，帮助过季羡林，帮助过李敖，虽然帮助的内容不同，但方式都和林语堂的一样，有物质的，有精神的，不求回报，从不张扬。

"我的朋友胡适之"站在对方的角度，将对方的困难当作自己的困难，设身处地，以对方能接受的方式帮助。他是真正的朋友。

7

下面一些帮助人的方式几乎要被人捏鼻子，但仍不时见诸公众眼前：

给人送一袋米、一桶油，拍照发朋友圈；

去敬老院给老人梳个头，洗个脚，拍照发朋友圈；

书包捐赠、棉衣捐赠，还有什么捐赠，一定要拉横幅举行仪式，上报上电视；

隆重的捐赠仪式，某企业郑重举牌捐赠几亿，事后一直赖账，此为诈捐；

爷爷奶奶地叫着，比孙子孙女还甜蜜，爷爷奶奶终于心软了，买下了一大堆甚至一房间的保健品；

一二三四，ABCD，甲乙丙丁，口若悬河，滔滔不绝，营销师骗你没商量。

各位看客大可以一一列举身边的见闻。

帮助的目的和方式都被人诟病了！说得难听点，这种帮助就是另一种索取，即便为一己之利行善，也是博名博利，皆非良善。

太急于做好事的人，反而找不到时间去做好人。（泰戈尔语）

8

任何人都需要帮助，物质的、精神的，只是程度和方式不同而已。

即便在大自然，一树一木，一花一草，也都离不开风雨和阳光的帮助。如动植物界的寄生现象，就是一种典型的互相帮助。

推而广之，整个世界也是由一个帮助的循环结构组成的，极似卯榫，架构严密。你帮我，我帮你，他帮他，它帮它，一脱离，结构就散了。

雪中送炭，胜造七级浮屠。

润物无声，春风三次化雨。

滴水之恩，当涌泉相报。泉映人心，天地同谐。

介于聪明和愚笨之间的狐狸

有一个犹太故事一直没有机会说,人到中年的时候才觉得它是那么的有意思。故事的大概是:葡萄园的篱笆上有一个小洞,狐狸身体太胖钻不进去。它就绝食三天,身体变瘦,钻进去吃了个饱。吃完了,身体又发胖了,钻不出来,它又绝食三天,身体变瘦,才得以出来。这只狐狸是笨还是聪明呢?

一句两句真是说不清。

说它聪明的理由大概是认为狐狸本来给人的第一直觉就是狡猾。在汉语的语义里,有时候,狡猾就是聪明啊,不聪明那还叫狡猾?狐狸想吃那园子里诱人的葡萄,馋涎逼得它想出了聪明的办法去实施这个既果腹又解馋的计划。好在有一个小洞,如果没有这个条件,那整个计划就无法实施了。但以现有的条件,只怕是进不去的,必须要想法子。从给出的条件看,要实施这个计划只有两个方法,一种办法是把洞搞大,然后很轻松地进入园子。但也许是铁蒺藜的篱笆，狐狸的牙肯定斗不过。既然斗不过，只有想另外的办法，把自己变小。变小就是改变自己，如果改变自己能够达到目的，为什么不试一试呢？从这个角度讲，狐狸的确够聪明。它终于进去了，尽管付出了比较大的代价，饿了三天滋味肯定不好受，没有点儿毅力是做不成这样的大事的。也许在狐狸心目中，和人斗智，并且成功，其乐无穷。

说它笨也有足够的理由。狐狸虽然聪明，但考虑问题毕竟不太周全，有些鸵鸟政策——只管把自己的头埋在沙里，就认为别人看不到自己了。但残酷的现实完全不是这样，也就是说，事情绝没有这么简单。你看，它付出代价进去了，也许还兴高采烈，终于可以饱餐一顿了。于是我们可以设想，花了大代价进园的狐狸，极有可能像孙猴子进了王母娘娘的蟠桃园，肆无忌惮，摘一个，咬一口，咬一口，摘一个。因为园子里有许许多多颗葡萄啊，能不动心吗？这个时候，别人劝"要小心噢，不要吃得太多噢"都是没用的。这就像那个捡金子的人，不到太阳升起，不到捡的背不动，他是不会歇手的。这下好了，狐狸终于把自己的肚子哺得饱饱的，但恶果也要它自己尝了，又胖了，出不去了！幸亏它还聪明，但早知这样，何必当初呢？因为在葡萄园里，要将自己饿三天，没有一定的意志更是不行的。面对这么多诱惑，痛苦不堪啊！

有一种观点说，最聪明的还是那个庄园主人。他只将篱笆开个小洞，或者是别的什么原因造成了这么一个小洞。但他深信，没有缺点的篱笆是没有的，篱笆有些小缺点不算什么。因为这样的小缺点并不会使他的庄园受到什么损失。他算准了，就是那爱吃葡萄的狐狸要想从这个小洞里吃到他的葡萄，一定要付出不菲的代价。有这么一次被折磨的经历，聪明的狐狸一定不愿受二茬罪，让自己吃二遍苦的。

一个又一个的贪官进去了，几百万、上千万，甚至几个亿，最终都要吐出来。然而和葡萄园里的那只狐狸相比，那些贪官实在不聪明，因为狐狸毕竟是自己出来了。饿了三天，不，应该是六天，权当买了个教训。

向邮票学习

　　一大摞邮册就在书桌的左手旁。某日忽发大兴，随手整理了一下。看着五花八门、五彩缤纷的邮票，不禁连声自语："多好的邮票啊，可惜现在不写信了，可惜用不着了。"陆地同学却嘀咕了一句："邮票的精神还是很可嘉的。""什么精神？""不达目的誓不罢休。"仔细想想，有一定道理呢。

　　不太清楚没有邮票以前的信是怎么送达的，不过我们经常能见到影视剧中那些送信的镜头。每到驿站，换人换马，快马加鞭。据说，清初就有官办驿站1600余处，驿卒7万余名，驿马4万多匹，归兵部主管。一个显著的事实是，这些驿站都是官府的通信组织，只传递官府文书，一般老百姓传递信息估计只有托人捎带了。然而辗转传递，缓不济急，又易延误遗失，因此，鸿雁捎书也就不是什么传说了。烽火连三月，家书抵万金哪，当时老百姓通信的艰难可想而知。但不管怎么说，邮票的精神已经开始培养了，就是必须无条件地送达。即使上一站马倒下，人累瘫，下一站也要继续。

曾记得关于送信方面的一个悲壮故事。公元前5世纪，波斯人侵略希腊，雅典名将米勒狄用少量的军队在马拉松大败波斯军队。米勒狄命令一位部下以极快速度奔回去，向国内报告这个好消息。这个报信的士兵一口气跑了42公里，奔到城门口只说了句我们胜利了，就力竭倒地而死。如果把他和邮票相联系，我认为这是一枚少见的邮票，一枚具有奥林匹克战士精神的邮票。

余光中的《乡愁》是我比较喜欢的现代诗之一，但也只是喜欢第一节的几句："小时候，乡愁是一枚小小的邮票，我在这头，母亲在那头。"一枚小小的邮票，真是将乡愁写活写透了。无论身在何处，我们都不会忘记故乡。如果不是因为特别再特别的原因，我们一定会在中华民族特定的春节、清明、中秋等节日回到故乡，哪怕受尽困苦，也要排除万难解了乡愁。虽是小小的邮票，但可以让我们终生都会有一个目标和方向，朝着故乡，至死不变。

曾看到一则关于邮票的新闻：一封包裹着日本长崎港照片的普通邮件，要寄到明尼苏达州圣保罗市。这封邮件已经迟到了61年,并且现在躺在亚特兰大的邮局内仍未寄出。说是一名亚特兰大郊区的杜鲁斯邮件处理与发配中心的员工,发现了一封贴着六分钱邮票的神秘邮件,邮戳日期是1946年5月5日。这个被包扎成雪茄形的邮件中紧紧地包着一张黑白照片,照片上方以印刷体英文写着"照片编号NH65834,美国军舰威契塔号1945年在日本长崎"。邮政人员推测,这封邮件可能是威契塔号上的一名水兵从该军舰上寄出的。亚特兰大邮政局发言人表示,将尽快要求圣保罗市的邮政人员设法邮递该信件。这大概是我看到的邮寄时间最长的信了,因为有一枚六分钱的邮票,这封信就必须送到,尽管收件人和寄件人极有可能都不在人世了。这就是邮票的力量。

或曰:"邮票的精神应该是邮票上承载的内容所表达出来的精神,你这个只是一种歪解。"我不这样看,不达目的不罢休,和政治无关,和人的精神追求有关,和理想、信念有关。当然,有一种意外确和邮票的精神无关,对于那些没有写明地址的死信,虽然贴了邮票,但责任不在邮票。因为没有方向,是不能也不可能盲目前进的。

做一个规则动词

　　18世纪的哥尼斯堡,一座庭院外的林荫道上,每天午后三点半,总会悠然踱来一个凹胸凸肚,歪搭着头,身高不足五英尺的小矮子。他永远穿着一套灰色的装束,手里永远提着一支灰色的手杖,后面永远跟着一位忠诚的老仆人,永远为他准备着一把雨伞,这一主一仆是如此的守时,这就是哲学家康德。一位传记家赞叹道:"康德的一生就像是一个最规则的动词。"他走的这条菩提树大道,现在还被称为哲学家之路。我没有走过,但有机会去康德的故乡一定要去体验一下规律生活。

　　梭罗的《瓦尔登湖》曾经红了一百五十年,我想在我们这个时代,他还要再红下去。他书中的许多语句我们现在仍然向往:

　　　　每一个早晨都是一个愉快的邀请,我的生活跟大自然一样简单/我向曙光顶礼膜拜/时间只是我垂钓的小溪/我喝溪水,喝水之时我看到它那水底的沙子/我在天空中追寻,天空中有着石子似的星星/我在这样的季节中成长,好像玉米生长在夜间一样/这是一个愉快的傍晚,全身只有一个感觉,每一个毛孔中都浸润着喜悦/我觉得寂寞是有益于健康的,我没有碰到比寂寞更好的同伴了/这样做不是从我的生命中减去了时间,而是在我原有的时间里增添了许多时间。

1845年3月末,28岁的梭罗离开了马萨诸塞州康科德城的家,借了一把斧头,前往瓦尔登湖湖畔的森林里,开始了两年两个月零两天的隐居生活。现代生活的烦躁和工作的压力让我又仔细体味了梭罗自给自足生活的感受,他的感受就是我的向往。如果把梭罗两年多的生活看作是一种实验,那么他的体会就更加真实:如果生活很简单,那么宇宙的规律也就越显得简单,寂寞将不再成为寂寞,贫困将不成其为贫困,软弱也将不成其为软弱。

曾经读过一个杂志记者关于寺院游的体验文章,有点意思。作者的体验报告中说,他在某寺院和高僧攀谈,心灵很有触动；又住了一夜，说是比想象中的条件要好，也不完全是那种孤衣青灯的枯燥。只是早晨五点就要起来做功课，但早餐有白粥咸菜还有油条。然后，报告就建议烦透了都市生活的人们可以去体验一下，还说这种方式在日韩新加坡等地很盛行的。我说它有意思，是因为在我看来它是一种新的旅游方式，因为现在人们连传统的旅游也有些烦了，白天看庙晚上睡觉，或是一路赶一路奔，还不是一般的赶一般的奔，一天行车12个小时，这样的旅游还有什么乐趣可言？但我仅仅把寺院游之类的看作是一种商业行为，它和梭罗是比不了的。

大学上哲学课的时候，老师将叔本华的人生虚无主义批判得一无是处，什么人生没有意义，人生就是痛苦；什么只要人活着，痛苦就不能解脱。但我仍然认为叔本华的名言还是有值得我们深思的地方，因为欲求是无止境的，所以人生的本质就是痛苦和无聊。不能完全把它割裂开来理解，我一下子也解释不清楚，但固执地认为欲壑难填，万事都是需要克制的。

康德铁律一样的生活、梭罗回归自然的隐逸、杂志记者的真实体验，零碎的信息都告诉我要追求一种自足，一种简单。而这一切，在现代社会是不难做到的，关键是要心远地自偏。

套用罗素的话表达就是,幸福的生活在很大程度上是指恬静的生活,因为只有在恬静的气氛里才有真正的幸福可言。从这个角度说,我希望以叔本华为参照,学习梭罗,有机会去寺院体验一下,并像康德一样做一个规则动词。

种子里的苹果

一问:"苹果里有什么?"答:"苹果里面有种子。"二问:"苹果里面还有什么?"A答:"苹果里面还是种子。"B说:"苹果里面说不定还有苹果。"能够做B已经很不错了,大部分人看到的只是苹果里的种子,看不到种子里面还有苹果。因为另一个世界被隐藏了,因为物的生生不息。

帕斯卡尔在《思想录》里这么断定:人真正的智慧存在于他们与生俱来的无知中。他是这么理解的,人类的知识有两个极端,而这两端又彼此接触。其一端是纯粹的天性无知,所有人都在这种无知中降临人世。另一端是一些伟大的灵魂能够到达之点,灵魂经过人生的所有跋涉,经历了所有应该知道的事情,发现了自己最终对世界、人生一无所知,并且找到了自己最初的位置。这是一种习得性无知,也是一种自觉。

是的,帕氏的断定和我们老祖宗讲的"生有涯,知无涯"

其实是一个道理,并不难理解。这个世界太大、太奇妙、太有趣,人类发现得越多,就越感觉到无知。即使一些伟大的灵魂,充其量也只是看到种子里面有苹果而已。

曾经听过一位退下来的领导的讲座,他有一句话令我印象深刻:生活中,有时人们处于一个逐渐变傻的过程。他说,如果司机突然把他丢在某个地方,他还不一定能找得到回家的路,因为平时都是车接车送,甚至有人开车门,不记路线。如果打的,身上又不带钱,就是有银行卡,他也不懂怎么去取。一句话,什么东西都有人准备好了,不用动脑筋,比如下雨有人打伞、天晴有人提包、吃饭有人付钱,智商也就越来越低。恰巧有一个很有趣的佐证:布莱尔从首相位置上退下来,据说生活丰富了不少,最近还学会了怎么用手机。有意思的是,他已经学会怎么发短信了,据说他发出的第一条是:How are you。表面上看,这确是一个逐渐变傻的过程,而且中外都有例子,但我相信,这是孤例。既是孤例,便不能证明任何问题,只是春祥口痒说说而已。因为很多人并没有这样逐渐变傻,而是变得越来越聪明,起码比一般人要聪明。

前两天,溥仪侍从李国雄口述的《他者眼里的溥仪》中的一个情节解了我多年的疑问:他为什么没有孩子?因为很多人说他有生理缺陷。李国雄说:"我伺候他半辈子,他同样有一般男人的要求和反应,但他确实不和皇后、妃子、贵人们亲近,很少和她们同床共枕,实际上是受了佛的指引。"出家人以色为空,念念不忘过白骨关。难怪,溥仪把她们都当成白骨了。历史长河中,三宫六院、七嫔八妃的多,荒淫无耻、不嫌少的多,而像溥仪这样的皇帝是很少的,虽然他有特殊性。

虽然许多人想到整个世界其实都是环环相扣、紧密无间的,但这是因为他们只看到苹果里面的种子,而看不到种子里面还有苹果。等到再发现种子里面有苹果,可能就有些迟了。幸好令人欣慰的是,那个退下来的领导以及布莱尔已经找到了自己最初的位置。

种子里面有苹果,苹果里面有种子,种子里面又有苹果,苹果里面还有种子。种子——苹果,苹果——种子。其实,整个世界就是这么组成的,人类的整个历史就是这么绵延的。只是我们太无知了,有时只顾吃苹果,而不管以后怎样才能永远吃到苹果,也根本不去想。

还需要再岔开一句的是,其实任何人都数得清一个苹果里的种子,但说得坦白些,我们没有人知道一粒种子将孕育出多少苹果。这个问题,也许只有上帝知道。

米是从商店里花钱买来的吗？

我们已经很少有人知道米是怎么来的了，包括从农村长大的孩子。幼儿园的孩子甚至会说，米就是从商店里用钱买来的。

明代科学家宋应星很详细地告诉我们：从稻种长成米粒，一般要经过八个大大小小的灾难。

第一灾，种子入仓。早稻稻种在秋初收藏的时候，中午往往是烈日，种子的内部温度就会很高，如果封仓太急的话，谷种就会带着暑气。来年田里有粪肥发酵，土壤温度也会升高，再加上东南风带来的暖热，这样就会对禾苗和稻穗造成大大损害。由此看来，种子很重要，大部分的病根在种子里，这大概就是我们说的遗传吧。我在读大学前，假期都要干些农活，不过这种选择和收藏种子的事情还轮不到我等毛手毛脚的孩子，都是大人们根据经验仔细操作的。在我的记忆里，我们那个生产队好像还没有发生过比较严重的种子事件。现在看来，真是非常的不容易。

第二灾，撒播。春耕大忙的季节里，田野里会非常的热闹。牛和拖拉机并用，把田深翻、打烂、整平，一畦一畦的，再放几寸深的水，就可以播种了。但这个时候，如果在有水，谷粒还没来得及沉下的时候，突然刮起大风，谷种就会堆积到秧田的一角。这种现象，我想飞机撒播的时候一定会出现，但那是大面积，没有太大的关系，反正是要经常撒播的。今年撒了，明年再撒，几年后一片林就长成了，而且高高低低，完全符合自然。

第三灾，鸟灾。谷子长出秧苗后，要防止成群的雀鸟飞来啄食。所以，我们小时候常见的风景是一片秧田里插着些稻草人，虽然没有诸葛亮借东风那么密集，但也有不少。那些稻草人还很有创意，有的会穿着各式各样的衣服，但穿得最多的是蓑衣，表示有人在干活吧。那些鸟也是久经沙场，战斗经验不少，有时还会趁着稻草人不注意偷偷俯冲下来叼食。因此，为了保证秧苗的高出苗率，生产队会派专人轰鸟，扯着嗓子大喊。这样的活非常的惬意，孩子们往往是首选。

第四灾，成活。刚插下田的秧苗非常的脆弱，就像让幼儿独立生活一样，跌跌撞撞，一不小心就会夭折。如果碰上江南连续的阴雨，没扎根的苗就会损坏过半。但只要有连续三个晴天，秧苗就可全部成活。江南的雨季有时很烦人，一下一周的情况经常发生，所以我们小时候补种的情况也时常有。更兼发大水，秧苗全部浮上，只得大水退后另插。伴随的有趣情节是小孩们往往会拿着网兜在一些秧田里抓鱼，常有收获。那些野生的鲫鱼都是从河里跑出来避难或者是趁机来旅游的。

第五灾，虫灾。秧苗返青长出新叶后，土壤里的肥料也不断发热，再加上不断升高的气温，于是稻叶上就会长虫。古代只能盼望起风下雨，而现代可以用药打，印象比较深的是六六六粉。喷药者全副武装，戴着防尘帽，捂着口罩，胸前背着把喷雾机，右手不断地一圈一圈地摇着。这就像《南征北战》里的张军长急急地摇磁石电话机求援那样摇，左手拿着喷枪，对着稻叶一片片地扫。过几年又会换一种药，大概是那些稻飞虱有了免疫力了吧。田间地头，经常会有东一只瓶子，西一只瓶子，那都是农民施药后丢弃的。不太环保吧，也是没办法的事，谁让虫害越来越多呢。

第六灾，"鬼火"烧禾。这个我没有见过，为写这篇文章进行咨询时,也都说"磷火"这种现象是有,但不会对稻形成灾。《天工开物》的作者宋应星是这样说的:"稻子抽穗后,夜里有'鬼火'四处飘游烧禾。这种火是从腐烂的木头里跑出来的。每逢多雨季节,旷野里的坟墓多被狐狸挖穿而崩塌,里面的棺材板被水浸烂了。等到日落黄昏时,'鬼火'从坟墓的缝隙里冲出来,在几尺的范围内飘游不定。稻叶遇到这种火,立即会被烧焦。"

第七灾,水灾。这里的水灾是指缺水。禾苗从返青到抽穗、结实,每株早稻需水约三斗,晚稻需水约五斗,缺水就会干枯。而且据宋的估计,将要收割时如果缺水一升,粒数虽然不会变,但谷粒会缩小,用碾或臼加工时也多会断碎。这大概就是我们所说的细节决定成败,小小的一个细节也会使米质大大下降的。所以,我们生产队里有个很特别的工种,就是放水工。干这个活的往往是生产队长自己,整天扛着把锄头,东转转,西转转,东挖一个口,西挖一个口。我还以为队长嘛,领导,干点轻松的活,哪里知道这里学问很深呢。

第八灾,狂风阴雨。稻子成熟时,如果遇到狂风把谷粒吹落,或者遇上连续十来天的阴雨,谷粒沾湿后就会自行霉烂。但这大概是局部灾害,如果不是很特殊的年份,一般不会大面积的出现。吹落谷粒，我倒是见得不多，但收割时连续阴雨还是很常见的。生产队常用的办法是，如果实在不能延期，一定要如期收割，但收割时会异常的辛苦。想想看，下雨天，烂污田里翻稻草，越翻越沉。收来后，发动全体人员，腾地方晾谷子。那个季节，往往只要有空的场地，都会晒着晾着稻谷。脚下一不小心就会踩着金黄，乱是乱，但很有丰收的喜悦。生产队里有几位接受农民再教育的知识青年，骄阳下，戴着草帽，穿着长袖，全副武装的，拿着把叉，翻翻晒着的谷子。队长还是非常照顾知识青年的啊。

  谢谢宋应星先生，让我知道并能回忆起这些稻灾。稻种一关一关顽强地闯过来了，米也就生产出来了。只是现如今还有多少人知道这样的细节呢？别人我不敢肯定，陆地同学肯定不知道。

有目的的无目的

　　简朴的自然主义者告诉我们：家不漏雨，有饭吃不挨饿就足够了。和这个低标准相比，我们许多人都已经向追求精神层面迈进了。当我得知老外志愿者卢安克每月的生活费大概在一百多元时，真的有点吃惊，是人民币，不是欧元。他怎么生活？他为什么这样生活？

　　德国人卢安克和央视记者柴静，一个被采访者，一个采访人，他们坐在云南一个很偏很偏的叫林广屯广拉队的山坡上聊天。卢安克的神情很宁静，一点儿也看不出激动或者自豪，国家电视台的名记者采访他，他就像平时和学生们在聊天。可是，这个志愿者的平常行为已经把中国人感动得不行了。我在第二天查看有关网站时，有许多帖子只有一句话：全中国的人都要向他学习。

　　卢安克，1968年出生，中学毕业后做过帆船厂的工人、帆船教练，当过兵，后进汉堡美术学院读工业设计。在中国做了十几年的志愿者，可这个志愿者不是一帆风顺的。1997年，卢安克在南宁的一所残疾人学校义务教德文，结果因没办下"就业证"，被公安局罚了3000块钱。1999年，他又从德国回到广西，跑到河池地区的一所县中学当初中老师。他不用教材，也不让学生用，最后一考试，他教的班只有六个人及格，平均分数是二十分。家长们自然有意见，学校只好把他开除。"我试过填写2001年的中考英文试卷，我估计自己连80分都得不到。"卢安克说到这里的时候是满脸的愧疚，好像很对不起那些孩子的家长，然后又喃喃地说："中国人做事情目的性太强，太急了。"

从2001年7月起，卢安克就把他的家安在广西东兰县坡拉乡建开村林广屯广拉队，这是一个不通电话、不通公路，村民只会说壮语的偏僻小山村。他在这里干什么？他在实践他自己的梦想。他的梦想是怎样的教育才能让小孩的身体、心理和精神获得健康。他想改变那只有150个人的小村子里人的思想："我改变他们的方式就是跟他们一起生活，我要让他们看到，在一样的环境中，我能做到跟环境不同的东西。他们可能从没想到，一个人还可以做跟环境不同的事情。他们看到了，就会想为什么他能做到,而我做不到?比如他们喝酒、打牌时,我在写书。"那些孩子甚至只会说壮语,他只好先从拼音开始教学生普通话。因为停电,他们每晚要点柴油灯上课。在掌握一些拼音的基本知识后,他让每个学生讲出自己的故事,翻译成普通话后,再由他用拼音记下来。这样,每个学生都有一篇和别人不一样的拼音课文。

学生离不开他,整个村子也离不开他。卢安克每次出去办事,他们就害怕他不会回来了。但卢安克说,他已经和那里的山、那里的水连在了一起。

按我们的想法,这样的人是很有"宣传价值"的,"先进事迹"要全方位地挖掘,要大大地向卢安克同志学习,然后我们被大大地"感动"。可是,卢安克对我们铺天盖地的热情很冷静,他不会按别人的要求去做志愿者形象大使,他不会去做广告收钱,他总是劝来看他的志愿者,"做志愿者要融入,而不是短期的"。柴静不理解,那个为他们劈柴取暖的男孩子,为什么后来态度不好了,是不是她有什么做错的地方?卢安克很平静地告诉她:"因为昨天晚上的拍摄,一会儿说灯光不够,要多添柴,一会儿又要他摆动作。他觉得你们是有目的的,所以他不喜欢。你要无私,他们才会亲近你。如果你有目的，他们就会离开你。"

是的，卢安克做志愿者没有任何目的，虽然有许多地方不完美，但总有喜欢他的地方和喜欢他的人。他待了八年的村子，其实是个有很多留守孩子的村子。那些孩子的父母出去找活，孩子就待在家里，卢安克每周都要到那些父母在外的孩子家里陪孩子。他把这当作一种习惯，一种教育的手段，一种心灵沟通的良好方式。

想到了武训，那个曾经被批得一无是处的三十年为办学而"乞讨"的精神富翁。武训为什么会这样？因为他也有一个梦想，没有文化的日子他过够了，没有文化就要受人欺压，他要想尽一切办法让别人有文化。武训还没有想好怎样才能让那些没有文化的孩子学好文化，而后他把教文化的任务交给了其他人，而他只管保证没文化的人有能力去学文化。他用三十年去践行他的保证，他用他的保证使自己彻底献身。因为他没要求回报，因为他是没有目的的。

他们两个人其实都在做同一件事，就是教育。想尽办法让更多的心灵受到教育的熏陶，从而弥补精神缺陷，让人能够独立地、更好地面对他们所要面对的社会。

我用一整个晚上的时间浏览了卢安克的博客。在《我适应不了城市》里,他这样写道:"现在给我留下最大的挑战可能是我没有面对城市人的勇气,我害怕感动别人,不敢表现自己。"在《追求和平》里,他如此表述:"现在,我唯一还能做好的工作是献身我自己,因为这不需要特别的智力。其实,我并不想改变中国的教育,那是中国人自己的事,我不该干涉,我只是喜欢我自己的生活方式。"

他们都在做几乎每个中国人都能做的事情,可就是一般的中国人坚持不下去,或者不愿意,或者不屑。我也看到了我们的教育肯定出了些问题,可是我做不到像武训那样,也做不到像卢安克那样。真的很惭愧。

有的时候,有目的的无目的,才能坚持,才能坚守。

因为山在那里

英国著名探险家乔治·马洛里说过一句让人很费解却意味深长的话："为什么要登山？因为山在那里。"

按我的理解，这句话应该有如下两层意思：

第一，做事要有目的性。你要弄清楚干吗去登山，是想去"发烧"一下吗？人家都在时髦地登山，我也要去，否则就赶不上潮流了。是想去征服山吗？自己有没有这样的能力，是到了半途就废了，还是立下雄心壮志，此生一定要完成这件大事。当然，你还可能有别的什么目的。

第二，达到目标需要付出的努力。努力的程度和付出，大部分时候是成正比的。如果不具备这样的攀登精神，如果没有这样的精神支撑，那么就随时可能在攀登途中折返。因为你会坚持不下去。这种坚持不下去的感觉就像我们在长跑中似乎已经到了极限，腿有千斤重，气更急急喘，没有相当的意念，肯定会倒下，任何人都会倒下。

  1761年，在广东做官的彭端淑押运粮船。船行南海途中，他不幸失足落水，虽被人救起，却突悟官场险恶。于是，这位四川眉中才子辞官归蜀，隐于成都，做了二十年的锦江书院院长。教书育人，颇得其乐。有一天，他用一个我们家喻户晓的立志故事教育他的侄儿："我们四川有两个和尚，一贫一富。有一天，穷和尚对富和尚说：'我想到南海去朝圣。'富和尚问：'你凭什么能去呢？'穷和尚说：'我只要一瓶一钵就够了。'富和尚不相信，他说：'我好几年前就想雇船去了，可就是去不了，你不可能到达的。'第二年，穷和尚从南海回来告诉富和尚，他已经到南海朝圣过了。富和尚感到很惭愧。"彭院长和侄儿说这个故事的用意很简单，读书也要学习穷和尚，只要有目标，只要立下志，不可能的就会变成可能的。

  从理论上说，富和尚去朝圣，就如同立下志向要去登山。也许在他的心目中，南海是一定要去一次的，否则做这个和尚一点儿也没有成就感。但是，他把山想得太高了，又把登山想得太难了。他什么都没有准备，茫茫大海，没有船只，怎么可以到达？所以，富和尚虽然有朝圣的目标，但他的目标一定没有穷和尚坚定。而穷和尚没有富和尚想得那么复杂，反正是做和尚，一瓶一钵足够，难道一定要雇船？不可以搭船？搭船和化缘又有什么区别呢？难道一定要坐船才可以到达？从陆路上行走不也是可以到达吗？穷和尚已经想好这一切，也就是朝着目标而需要付出的努力，他只要一瓶一钵就可以做到。终于，内心坚定而充实的他到达了南海。这就如同登上山一样，他心目中的山就在南海，他是一定要到达的。

如果从登山的角度考虑问题，设备一定需要很专业，否则就是拿生命开玩笑。然而，全副武装的登山者却有许多上不了山顶，反而是那些设备非常简陋的向导每次都能登上山，为什么呢？道理也很简单，体力、方法、意志，缺哪一样都不行，关键的关键仍然是意志。意志足够强大，一瓶一钵也能到达南海的。

对穷和尚来说，为什么要去南海？因为南海在那里，南海就在他心中。

对我们芸芸众生来说，为什么要做这些事？因为这些事就在那里。

有形菜和无形菜

师傅大喝一声,徒弟于是顿悟。但也有很多没有立马顿悟的。

《景德传灯录》卷七《庐山归宗寺智常禅师》有如下有趣文字:(智常)师入园取菜次。师画圆相,围却一株,语众云:"辄不得动著这个!"众不敢动。少顷,师复来,见菜犹在,便以棒趁众僧,云:"这一队汉,无一个有智慧的!"

智常是想通过这样一个收菜事件来达到他教育的目的,可是并没有如愿。估计众僧被他的表相一时蒙住了。他先是一本正经地在一棵菜下面画了一个圆圈,并且很认真地对众僧讲:"这个动不来的。"想想也是啊,收菜就收菜呗,师傅为什么独独要求留一棵呢,那一定是有道理。说不定就是像袁隆平搞研究用的,要留下制种的,没必要去动。虽然大家感觉到师傅圈的那一棵菜和别的菜表面上看起来没有不一样,但还是不敢多想。总之，师傅是很权威的，师傅的话不会错的。如果不听师傅的话，后果很严重，轻则会被批评教育，重则还会逐出师门。你看，那个唐僧，他就不听劝告，跑出悟空画的圈子，结果怎么样？不是被白骨精弄去了吗？

一地的菜都收完了，仅仅留下他圈定的那一棵。这棵菜不是什么菜王，也不是用来制种的，这只不过是一道题。难怪智常要发火，要打人，这一帮混蛋没一个有脑子的。他本来的如意算盘是，肯定会有人醒悟，肯定会有人把他圈的这棵菜割掉，肯定会有人割掉后和他据理力争："你留这棵菜什么意思？既不可以制种，还妨碍我们种下一轮的菜。您不会是和我们开玩笑吧，您不会是老糊涂了吧。"可是——

题点破了，也不稀奇了。噢，师傅原来是要我们冲破牢笼，解放思想呢。于是和尚们恍然大悟，我也恍然大悟。当然，这不能算真正的悟，真正的悟是不需要人提醒的。

有形的菜和无形的菜，什么样的情况下会转换呢？在众僧的修禅还没有达到一定火候的时候，他们一定不会觉悟的。这是真正的内因。纵然他们这次经过棒喝觉悟了，下次智常再出题的时候，他们还是不会识别。高明的师傅一定会在无意中出一个非常好的题等你来顿悟。

割掉有形的菜很简单，一刀下去就是了。可要从无形的菜中窥见有形的理，难度就大了。

我们常说的"良知"也是无形的。可我们的社会常常需要有形的"良知"。

笛卡尔曾经这样解释过"良知"："良知是世界上分配得最公平的东西，因为每个人都拥有足够的良知，就连那些在别的任何事情上最难满意的人也不会希求获得比现有的更多的良知。"我再通俗地啰唆一句就是，一个人再贫困，他也不会要求别人给他良知。他缺任何东西，但他就是不缺良知。

王阳明的一个弟子这样给别人讲"良知"的故事。有年夏天，王弟子有天半夜里抓到一个小偷，不愧是道德模范的他于是就给小偷讲起了"良知"的道理。那小偷揶揄他道："请问先生，我的良知在哪里呢？"王弟子就请小偷脱掉外衣，随后又请他脱掉内衣，小偷都一一照办。接下来，王弟子说："请脱掉你的裤子。"这下，小偷很犹豫："这个恐怕不行吧，脱掉裤子我不是全裸了吗？难为情的。"王弟子这时就对小偷说："这个就是你的良知。"

我相信，那小偷回去以后一定会有所触动，因为他无形的良知被王弟子激活了。原来，他也是有良知的，只是他不知道罢了。

这样说来，我们应该大大地把良知的表现形式挖掘出来，而且要尽最大的努力。因为无形的良知其实有各种各样的表现方式。

每当灾难来临时，人们就会表现出最好和最大的良知。就形式来说，有能力的捐钱捐物，有大能力的人可以捐多多的钱和多多的物，能力小的人可以捐小钱小物，一点儿能力都没有的人，一点儿钱物也不用捐，只要他或她对事件对受灾难的人们表现出悲悯和同情，这都是良知。所以，我对那些捐了很多钱物，即使是有些钱物还没有到位的个人和单位，都表示崇高的敬意。

有良知的人常常指责别人无良知，无良知的人（如前所述，人不可能一点儿良知也没有的）也常常要反驳有良知人的无良知。所以，尽管是无形的良知，一般人还是当作有形看的。

智常的大棒，打的是众僧不会因地制宜、因时制宜地思考、工作和生活；王弟子要小偷脱裤子，是在激启人们的良知和文明。从有形的菜，到无形的良知，担负着教育和道德楷模的智常和王弟子们任重而道远。

周武王的十七戒

周文王生了个好儿子啊!

武王(姬发)刚上任三天,立即召集下属开会。他问大家:"有没有保存下来的,可以永远指导我们周朝子孙后代的古代规约和行动方法呢?"大家都摇摇头,说没见过哎,也没听说过有这样的东西。

武王于是很郁闷。这时有人出主意了,我们把姜太公找来问问吧,他老人家懂得多。姜尚一来,武王就很谦虚地问:"您老人家看见过黄帝、颛顼的治国方法吗?"太公说:"我在《丹书》上好像看到过。大王如果想听,请您斋戒三天。"武王太高兴了,果真有高人呢。他立即斋戒。

三天后,姜太公很庄重地给武王讲起了先王的治国之道:"这些治国方法,大概可以分成两个层次。第一层意思:干什么事情都要认真努力,绝不能懈怠,努力超过懈怠,就会吉祥，永世长存；懈怠超过努力，就会偏差，就会歪门邪道，最终灭亡。第二层意思：对天下百姓要怀有仁义之心，绝不能有过多的欲望，仁义超过欲望，顺利；欲望超过仁义，凶险。总结起来讲，靠仁义得到国家，用仁义保护国家，就会有百世不变的江山；靠不仁得到国家，用仁义保护国家，就会有十世江山；靠不仁得到国家，用不仁不义去保护，祸害马上就来了。大王您说的古代流传下来的规约，大概就是这些吧。我记得不完全，也就知道这么多了。"

武王听完姜太公的话，真是如遭雷击，醍醐灌顶，胆战心惊。散会后，武王感慨万千，思如潮涌，马上书就《戒书》若干。这些座右铭一共十七条，贴满了他的办公室、卧室及随时能看到的地方，日日提醒，时时警惕。

首先是他办公室的四周。左前方的铭为：处在安乐之中也一定要谨慎勤勉！右前方的铭是：没有让人后悔的行为！左后方的铭这样激励：时时记住自己的错误行为！右后方的铭则更具深意：一定要高瞻远瞩，不能只顾眼前！桌子上的铭文很实在：少说话，多干事，言多必失！

然后是他住所的角角落落。门口柱子上的铭文这样贴着：不要认为自己不残忍，那会导致残忍的发生；不要认为自己不会危害国家，那会导致大祸；不要认为自己没做伤害人的事情，那会对人有大伤害。门框上的铭文则如此告诫自己：人的美名积累需要一辈子时间，而失去美名却只要一件小事；一个人如果没有志气和勤劳，能说他聪明吗？一个人不经常反思自我，能说他自审吗？风吹来的时候，一定会使树摇摆，即使圣人，也要防止风吹树般的干扰。窗子上也不能空着，正好睡前可以提醒：一定要遵从天时，一定要利用地利！

连他卧室里也都贴了不少。早上起床就要用的盥盘上这样刻着：与其被人所溺（陷害），还不如溺于深渊，溺于深渊，还有机会游出来，被人所溺，那就没得救了！每天要照的镜子前这样写着：事前有所预见，事后有所思考！

武王认为，这样日日诫勉自己还不够，还要时时诫勉。于是，他在帽子的飘带上这样写：火灭后一定要检查一下盛水的容器，常常谨慎提防，才会平安，平安才会长寿！他甚至在鞋子上也写着铭文：不能贪食，不能多喝酒，能逃则逃，如果过分了，一定要自我惩罚！周朝的君臣关系估计是相当的融洽哎，下属都敢灌他酒呢。

武王文武双全，他当然还要带兵呢。于是，在剑上也刻有铭文：带上它的时候，行动一定要合乎道德，合乎道德就会兴旺，违背道德就会崩溃！纣，你如此无道，就不要怪我不客气了！拉弓的时候也能看到铭文：人要能屈能伸，不要忘记自我反思！如果战斗，矛一伸出，照样有格言勉励：如有瞬息的不能容忍，就会铸成终身大错。

当然，武王知道，国家的兴旺发达，必须要有健康的体魄，否则一切等于零！于是每天锻炼身体不离手的手杖上写着：什么时候最危险？挫折而愤怒时；什么时候会失去常道？贪图物欲时；什么时候会记性不好？富贵最容易相忘！每天，固定的小道上，拐棍笃笃响，戒条心中扬！

武王把他一个人听到的，活化成十七条座右铭，告诫后世子孙！事实上，武王也很有作为，不仅灭了无道的商纣，还创建了繁荣昌盛的西周王朝。据说当时他所向披靡，讨伐了99个国家，共有652个国家向武王臣服！够厉害了吧，你能说他的成功和十七条自诫没有关系？

谢谢刘向、黄庭坚和洪迈先生向布衣我提供素材。

第三辑·《本草纲目》新方五帖

滴 答

为什么床头的钟发出的响声是"滴—滴",我们的大脑却坚定地认为听到的是"滴—答"?弗兰克·克默德在《结尾的意义:虚构理论研究》一书中解释说,这是因为我们不仅对开头,更对结尾上瘾。在钟表的"滴"和"答"之间,我们除了看到时间的流逝之外,还把滴和答之间的间隔看作需要我们去加以人格化的连续而又无序的时间,我们会为这个间隔填上一个具有意义的过程。

我们不妨把一家企业的成长过程看成"滴—答"。这个"滴—答"可以解释成,这家企业用他们若干年时间的打拼,已经在全省、全国乃至全球创下了一个响亮的品牌,比如中国的娃哈哈、美国的苹果、德国的奔驰和宝马,而人们对这个品牌的认定,就像是我们对时间声音的认定,他们就认为是"滴—答",这个"滴—答",是这些企业用教训和经验换来的。

我们再把"滴"和"答"延伸放大看。无限制地延伸和放大,就会发现,几乎所有著名企业的打拼经历,都是在短暂的"滴"和"答"之间进行有意义的填空,为它的历程填上了一段又一段成功或是失败的音符。

高考作文题历来是反映社会热点问题的风向标。某年,有两个省恰巧都在"滴—答",浙江的题目是《我的时间》,安徽的题目是《时间在流逝》。于是好评如潮,因为这样的题目太可以做了,小学生都可以做,我们的报纸还请了几个初一学生和职高生做了《我的时间》,并把它们刊登在报纸上,我看了下,真的是蛮好,人人都有对时间的理解。可是,高三语文老师警告了:"不要高兴得太早,要想得高分其实很难。"这话等于白说,任何题目要得高分都是很难的。不过,我可以料定的是,我们的学生并没有多少属于自己的"滴"和"答",在他们有限的"滴答"空间里,学校、老师、家长,都会奋勇地拼抢和占据。有人这样形容金钱,只有你花了的钱才是你的,其他的不过是存折而已。时间就是金钱,所以,也可以类比地说,只有你花了的时间才是你的,而那些看似一天天一月月一年年的大堆"滴答",有许多都不是孩子们的。

然而,在"滴"和"答"之间,是时间毫不留情的流逝。

无论你怎样安抚，怎样挽留，它都会很快地离我们而去。而对孩子们来说，最最重要的是，既然有那么多的时间不是我的时间，那就一定要想办法把它变成"我的时间"，许多成功者大概就强在这里，他们都在拼抢属于自己的时间，这也是时间和金钱最大的区别所在。时间其实不仅仅是金钱，金钱比不了时间！

不只是那些可怜的孩子们，我们这些整天为生活而奔命的成年人，其实也没有多少"滴答"属于自己，有时甚至比孩子更可怜。因此，我们在"滴"和"答"之间彷徨和叹息也就不奇怪了。

在丽江古城，满街都飘荡着歌手侃侃的《滴答》。当我第三次去丽江时，其实就是想找找自己的"滴答"，来虚度一下光阴的。真正的虚度，不仅我是，同去的几个同事也都带着这样的心理。请看一下侃侃的歌词："嘀嗒嘀嗒嘀嗒嘀嗒，时针它不停在转动；嘀嗒嘀嗒嘀嗒嘀嗒，小雨它拍打着水花；嘀嗒嘀嗒嘀嗒嘀嗒，是不是还会牵挂他；嘀嗒嘀嗒嘀嗒嘀嗒，有几滴眼泪已落下；嘀嗒嘀嗒嘀嗒嘀嗒，寂寞的夜和谁说话；嘀嗒嘀嗒嘀嗒嘀嗒，伤心的泪儿谁来擦；嘀嗒嘀嗒嘀嗒嘀嗒，整理好心情再出发；嘀嗒嘀嗒嘀嗒嘀嗒，还会有人把你牵挂。"歌词并没有多么出彩，有的只是滴和答的不断反复，我只是被侃侃的声音所吸引，那种声音很难形容和比喻，有点像玉龙雪山流淌下来的，绝对没有污染的，带着一股深透凉意的雪水。这股雪水，还有着沉沉的沧桑滴答感，谁又能说它不是那上千年上万年甚至60万年的玉龙雪水呢？

"滴—答"，生命就是一个滴答，左边的"滴"是出生，右边的"答"就是死亡。在宇宙滴答的长河里，我们如果能完成一次完美的钟摆，并在滴答间做完自己对得起自己的填空题，那就是一件很幸福的事情了。

拉普拉普鱼

——剖析一个谣言的诞生过程

"拉普拉普鱼！拉普拉普鱼！谁买我的拉普拉普鱼？又新鲜又便宜的拉普拉普鱼！"人们已经厌烦这种鱼了。即使马尼拉的鱼贩子把拉普拉普鱼的价格降到每公斤8法郎，人们也不买。

一位外国居民说，在菲律宾首都海鱼的销量下降了一半。刚一开始，他对餐桌上常吃的这道菜的消失很不理解，他的厨师突然对淡水鱼以外的鱼类产生一种强烈的厌恶情绪。

菲律宾人常用各种调料来食用拉普拉普鱼（属石斑鱼科）。这已经不单是一种鱼，而是一种文化象征。当麦哲伦于1521年发现菲律宾群岛时，拉普拉普，一位马克坦岛（群岛的中心）的部落领袖，用标枪刺死了麦哲伦。拉普拉普鱼就是采用了这位最杰出的民族英雄的名字。

从此,拉普拉普鱼就象征着对一切帝国主义的抵抗。然而,今天很多菲律宾人都拒吃拉普拉普鱼,即使这会使他们成千上万同胞失业也不管。这种情况是从12月20日那个可诅咒的夜晚开始的。

那天,一艘大型渡轮和一艘大型油轮在菲律宾一海峡相撞,2500至3600名旅客掉入了火海之中。惨景据说不亚于泰坦尼克号沉没,因为泰坦尼克号毕竟是慢慢滑向深海的,没有起大火,又是水又是火的,景象就不一样了。各方虽然采取措施努力营救,但伤亡依然极大。

出人意料的是,谣言恰恰在这个时候出现了。但这和拉普拉普鱼有什么关系呢?有的,还是大大的。

最先从马尼拉以南的一些村庄传出消息说,在那里的海滩上漂着成百具尸体。之后,这些所谓的事实谣言开始传到首都,而且变得越来越离奇。比如有人说,一些家庭妇女在拉普拉普鱼的肚子里剖出了一节手指;有的说从鱼肚子里挖出了一只耳朵;还有的说是从鱼嘴里取出夹着的一只指环。那些人们天天都要吃的鱼肚子里的东西是哪儿来的呢?当然都是饥饿的鱼群从漂浮的尸体上吞下的。

还有更离奇的事在继续发生。

有一天，一位名叫帕诺的夫人给一家地方电台报料，说她在拉普拉普鱼的肚子里挖出了一个男性生殖器。

到这时候，拉普拉普鱼就已经不是拉普拉普鱼了。你要证据吗？这就是证据！谣言就是这么说的，谣言是不可辩驳的，因为它已经不是理性范畴的东西了，于是拉普拉普鱼就变成了恶魔样的东西，人们厌恶，唯恐从鱼肚子里再剖出点什么，避而远之。

于是政府必须出面了。渔业局的一位专家发表讲话说："这种鱼是不大可能去吃腐肉的，而且它的嘴也太小，吞不下像阴茎那样的块儿。"

渔业局还随即发表了一份公报，肯定了马尼拉市场上的鱼产品80%都经过了检验。另外，公报进一步说，在首都销售的海产品大部分来自远离出事地点的巴拉望岛，其余则几乎来自更南的棉兰老岛。

政府越辟谣，谣言传播得越快，为什么？事情还没解决呢？因为媒体上这时候还是每天都在登载着向受难家属捐赠的名单或是调查的最新消息，这就使得谣言继续在传播。

由于菲律宾的司法机关一向工作迟缓，两艘船的老板又使尽浑身解数要把失事的责任推到对方身上,这个案子就注定要旷日持久了。谣言自然还在不断地扩散。

最后,菲律宾人当然是又喜欢上了拉普拉普鱼啦,因为这种鱼实在美味,餐桌是离不开它的。那么谁是真正的"谣言源"呢?

有消息说,作为鱼贩子的传统敌人的肉店老板们,被怀疑为这次败坏拉普拉普鱼声誉的真正罪魁祸首。

原来如此。

肉店老板为什么有这样的举动,这已经不在本文的讨论范围了。因为它逃不出所有谣言产生的基本规律。不过陆子仍然佩服那些肉店老板,能将400多年前的东西有效而及时地联系上。这大约就是谣言的本事了。

说明:本文材料引自法国1988年1月23至24日的《解放报》,文章的标题为《菲律宾人对拉普拉普鱼没胃口了》。

知识就像内衣

某段时间，我将QQ签名改为：知识就像内衣。有好几个朋友就开玩笑了："知识就像内衣，你是不是很喜欢穿内衣上街呢？你是不是变时尚了呢？"

笑过之后，细想一下，觉得这个话题还有点意思。

我的意思是，知识就像内衣，虽然看不见，但很重要。

看到林清玄一则小故事。说是他30多岁时，突然顿悟，辞掉工作，到一座山里去闭关，追求生命的最高境界。两年后，他感觉境界很高了，于是下山。但是，三件事情让他获得了另一种理解：在水果摊旁欣赏水果的红奢绿透，被人当作水果店的老板；在花店看花被人认作开花店的老板；在肉店看肉仍然被人喊作肉店老板。他理解了什么？你的内在虽然和别人不一样，但外在是一样的。此所谓，芸芸众生，滚滚红尘，俗人不见真谛。

也就是说，林清玄穿着境界的外衣，别人是看不见的，但对他却很重要。

可是，我们许多俗人往往把知识当作外衣，知识很重要，但也必须让人看见。

有一次，我们这里的某个大学生组织请我去做讲座，组织的同学和我讲，今天有200多人，来自四所大学。按惯例，讲座后半部分要互动，学生自由提问，我发现有少数男学生外表很有个性，披长头发，满脸胡子。还有就是能让人在人群里一眼就认出的衣着。我好奇，顺便问了问他们的学校和专业，几乎都是艺术类的。我事后再问他们："这样的打扮是你们自己内心的选择呢还是跟风？"这些大学生回答的意思都差不多："我们如果不在外表上有些特点，别人怎么知道我们是学艺术的呢？"再问："难道学艺术的都这样吗？"他们答："至少我们在电影电视中看到的基本都是这样。"也不能怪他们，还真是这样，职业就像外衣，一定要穿在身上的，否则就是锦衣夜行啊。

类推开去，文化也像内衣，看不见，但很重要。我曾经到过河内，接待我们的人说："你们运气还不错，过几天，这里就是雨季了，那时，走在河内的大街上，真正就像河内了。"

怎么讲？因为河内基本没有什么地下水引导系统，一旦大雨，街上马上就会流水横溢。我没有仔细考证河内是不是真的那么糟糕，但至少他们也只是顾了外衣，没有重视内衣，这注定要吃苦头。人家说，巴黎的下水道建了几百年，还是很宽畅，下面都可以住人。我们如今的小城镇建设，有些地方，就像河内，基本不管下面，只管上面，建几幢漂亮房子，至于下水排到哪里，怎么排，还真的没有考虑好呢。

有段时间，中国千人庞大赴美旅游团显现出来的购买能力让美国人喜笑颜开。国人很能啊，看到奢侈品眼睛都发亮，把什么手表店买空，把什么包包买断货，还直说比国内便宜多了，合算。中国人购买奢侈品能力已经全球第一了。我也做过小范围的调查：同事圈里边，拥有各类奢侈品的比例达到80%以上了。中国真的那么富了吗？肯定不是，那为什么这么喜欢呢？大部分的解释是，别人有，我也要有。太贵？买一两件还是可以的，不就是节衣缩食吗？对有些女士来说，可以吃得差些，但品牌包不能没有一个的。是的，对于我们来说，面子是很重要的事情，包就像外衣，别人看得见也很重要。所以，前段时间，重庆出现"森女"就让我很佩服，在这个注重外衣的社会，她们购物从不盲目追求名牌，生活简洁却不失时尚，就像刚从森林中走出来的。但愿她们不是心血来潮,而是内心快乐,真正注重内衣。

我并没有讥讽那些把知识当外衣穿的名家名流,那是他们的衣服,那是他们辛苦挣来的内衣,穿内穿外是他们的自由。只是想说,真正把知识当内衣,是很难的。《汉书》载,大儒董仲舒"下帷讲诵",自己在帷中授课,而不是开百家讲坛,讲大课。帷外门生,一个对一个口传,以至于有些学生,始终没有见得董大师一面。

知识就像内衣,需要淡定,需要觉悟,还需要忘记一些事情,包括忘记"忘记"。

《本草纲目》新方五帖

李时珍搜罗百氏,通考诸说,跋涉远近,积30余年之功,三易其稿,完成了200余万字的中国药物学巨著《本草纲目》。时移世易,我想它也需不断补充更新才有活力。现拟"新方"五帖,不知"李本草"同意否。

一、安心丸

主诉:前日组织部门谈话,告诉下月退居二线。当夜即扰动心神,夜寂不安,胸闷气短。

望闻切诊:神识清楚,神情倦怠,表情痛苦,面色略红,声低语怯,呼吸短促,严重惊慌心悸。

方药安心丸成分:读书仁15克,钓鱼藤15克,家务枝10克,儿孙绕膝根15克,聊天草10克,太子参5克。

服法：每日一丸，早晚各一次，一月见效。服前若恒念板桥之"放一著，退一步，当下心安"，则效果更佳。

二、去媚膏

主诉：看了许多厚黑著作，也曾躬身实践多年，他人多能得真传，往往一个个人五人六，小的我拍马常拍到马蹄子上，不得要领。

望闻切诊：天庭黯淡，口舌歪斜，乏力汗多，阳气欲脱，头部震颤，表情猥琐，脊梁佝偻。

方药去媚膏成分：自尊骨20克，自重草10克，自爱皮10克，自强藤15克，主见花30克。

用法：每日三次外用，一月一疗程。用药初，在脸部、膝盖及脊梁处多擦，若配以补钙口服液同服，则疗效更明显。

三、制怒剂

主诉：看不惯任何事，常吵架骂人，大吵大骂三六九，小吵小骂天天有。头痛连及项背，周身酸楚无力。

望闻切诊：脸部横肉多，潮红，颈静脉怒张，心率每分180次，心窄房颤，喉管异常粗壮。

方药制怒剂成分：宽容草20克，音乐仁20克，静心皮20克，薄荷20克，冰糖20克。

用法：每日一副，水煎服。头煎加冰去私欲，二煎加水加白菊再取汁。服药后一刻钟内可按《健康歌》旋律脖子扭扭，屁股扭扭。

四、戒贪果

主诉：无论黄金、白金、现金都想揣进口袋，"绝"字去丝更喜欢。

望闻切诊：表情自然，活动正常，语言流利，只是心病日久，由心及脾，心脾气虚，心脏呈梨形，且心形渐歪，呈绛紫色。眼睛微斜，偶有葛朗台、泼留希金之目光。

方药戒贪果成分：心当归20克，知足草20克，清贫壳20克，慈仁10克，法律英30克。

用法：每日一丸，连服三年。用去杂质之纯净水送服，佐以"忆苦思甜汤"漱口。

五、疗妒汤

忽然想起《红楼梦》第八十回中也有一副这样的方子，虽是治女人的妒病，但可借一用，我想老曹不会和我计较版权的。

> 宝玉道："什么汤药？怎样吃法？"王一贴道："这叫作'疗妒汤'：用极好的秋梨一个，二钱冰糖，一钱陈皮，水三碗，梨熟为度。每日清晨吃这一个梨，吃来吃去就好了。"宝玉道："这也不值什么，只怕未必见效。"王一贴道："一剂不效，吃十剂；今日不效，明日再吃；今年不效，明年再吃。横竖这三味药都是润肺开胃不伤人的，甜丝丝的，又好吃。吃过一百岁，人横竖是要死的，死了还妒什么？那时就见效了。"

子见南子

　　南子用眼直勾着夫子发嗲："夫子，你为什么要和我这样名声不好的女人见面呢？"约莫吃一盏酒的工夫，夫子在完成脸红加剧、心跳加速、手心汗出这样几个程序后回答："我想要在卫国施行仁政，请夫人帮我游说灵公。"

　　当夫子决定接受南子邀请的时候，子路等学生们很不高兴。大家都说："老师，您怎么能去见名声如此不好的女人呢？"这些学生哪里知道夫子的远大政治理想，但他又不能过多地解释，只能举着双手发誓说："请你们相信我吧，我如果做了错事，老天一定会惩罚我的！老天一定会惩罚我的！"

　　老师毕竟是老师，子路们还是相信老师的定力的。老师一定要这么做，而且是冒着风险去做，一定有他做的道理，而且老师年纪也不小了。我们等结果吧。

　　夫子自有他见的道理。他这样的人，并不是听风就是雨的,他有自己的判断。况且,他已经做过很长时间的调查研究,那个南子并不像人们传说的那么淫荡,南子是个非常有理想的女子,她帮助卫灵公出了不少治国的好主意。比如,她倡导学习和教育的氛围,在卫国建了不少的学校,使百姓的孩子都有机会学习;比如她非常尊重人才(高薪请他讲学),为卫国的发展做出了很大的贡献;比如她很尊重人民群众的个性化发展,倡导品质生活。在卫国,女孩子可以识字读书,可以不裹小脚,可以充分展现自己的美貌。所有这一切,在有些人看来,自然是不合礼仪了。

夫子这次周游列国,自然要抓住这样的机会,灌输并实现他的政治抱负了。

夫子于是见了南子。

南子没想到夫子会接受她的邀请,更没想到会这么快,以至于夫子站在她面前时,她都没做好心理准备。原来想的好多问题一下子竟想不起来了。她盯着夫子,思绪万千,心潮澎湃,约莫过了吃三盏酒的工夫,才有了第一个问题:"如何得到官职,获得薪俸?"

夫子也紧张得很,这个南子不会和我调查的情况不一样吧,万一她做出不合礼仪的事情怎么办呢?夫子不敢正眼看南子,世上竟然有这等漂亮的女子,闻香识玉,可惜我夫子——脑子一时短路,正短路着,听到了南子的问话。夫子于是结结巴巴:"依我之见呢,要多听,保留有怀疑的地方,谨慎地说那可以肯定的部分,就会少犯错误;多看,不干危险的事情,谨慎地做那可以肯定的部分,就不会失误后悔。如果讲话少过错,行为少后悔,那官职和薪俸便自然会有了。我这样回答,夫人您还满意吗?"

南子很满意,因为她是想得到更多的下属支持,培养起更多的亲信,她才不管人们对她的议论呢。夫子这个回答很管用。

第一个问题问完,南子有点镇定下来,然后用约莫吃两盏酒的工夫细细打量夫子。这个夫子,真是一表人才啊,不是说有五十六岁了吗,怎么还这么年轻呢?我南子其实倾慕的是他的思想,《论语》早已背得滚瓜烂熟,我们已经用心交流很久了。

约莫过了吃四盏酒的工夫,南子问了第二个问题,这个问题她早就想好了,因为她平时也搞文学创作,写了不少的诗,她尤其爱《诗经》。她问:"夫子啊,您说《诗三百》,一句话概括就是'思无邪',就这么简单吗?我想问,您怎么看第一篇《关雎》呢?"

夫子这时候也开始有了点头绪，他马上为自己不健康的想法而自责，而自耻，我堂堂夫子，怎么能像那些小人一样迷恋女色呢？你看，南子的思想多健康啊，她居然如此关心国家大事，她居然文学修养这么高？于是，夫子用了约莫吃五盏酒的工夫接了话题："是的啊，《诗三百》是我国劳动人民的真实生活写照和心声透露。至于《关雎》呢，简单地说就是快乐而不过分，悲哀而不伤痛。如果夫人还想再多了解一些，那么我们再细聊。"夫子这个时候脑子又有点乱，因为一说起《关雎》，他眼前马上浮现出一个窈窕的淑女来了，眼前这个淑女真是太窈窕了，不正是配我这样的君子的吗？

南子问完第二个问题，想这夫子果然了得，既有政治管理能力，还有超高的文学水平，如果我能和这样的人生活在一起，哪怕只生活一天，都是值得的啊！想办法和他慢慢聊，再慢慢聊！

约莫过了吃八盏酒的工夫，南子问了第三个问题："请问夫子，我们如何全面而具体地观察一个人呢？"南子想，这个问题肯定把你难倒，你不用吃十盏酒的工夫是回答不出来的，我上次同样用这个问题问了苏秦，他居然说看一个人吃相就可以观察，胡扯，一点也不准确。

夫子这时对南子也是越来越有好感了，和她说话简直是一种超级享受。于是夫子故意挠挠头，唉，这个问题好难噢，拖时间吧，再拖时间！约莫过了吃十六盏酒的工夫，夫子终于想出了。其实关于如何观察人，他早就有独到的见解："我认为，看人只要看他犯的错误就行了，人犯错误，各有各类，观察他的错误，就知道他是一个什么样的人了。"

南子一听，双手一拍，大叫："啊，夫子真是太有才了。"

据史官统计，子见南子，整个的时间用了约莫吃三十六盏半酒的工夫。

子路见了表情复杂的夫子，噘着嘴数落道："不是说好只见吃三盏酒的工夫吗？怎么用了吃五十一盏酒的工夫呢？哎，还有十五盏半酒的工夫都干了些什么呢？"这个只有夫子和南子两人知道。据说，连太史公在写《史记·孔子世家》时也头痛了好长时间呢，始终没搞清楚。

庄子试妻

　　庄子学道成仙。离家数十年啊，家还是要的，毕竟家里还有娇妻呢。

　　一日，正赶着回家的路。经过一个坡地，一白衣女子一边巨声痛哭，一边在用大扇起劲地扇一座新坟。他的脚不由自主地被牵住。

　　庄先生不明白，平时他很少和女性尤其是年轻女性搭腔的。

　　"你做什么呢？"他很小心地问，带着一种帮人解决困难的心情。

　　"扇坟啊！"女子不耐烦地答，看也不看他，只是用力扇。

　　"为什么要扇坟呢？"他还是不明白，是不是这个女子在练一种新的功夫呢？

"让坟上的土快些干！"女子依然不耐烦，"你走你的路，管这么多闲事干什么。"

"为什么要让坟上的土快些干呢？"他越发不理解了，好奇心促使他一定要弄个明白。

"坟里是我刚死去的老公，我们很恩爱的，他临终时说过，只要坟上的土干了，就允许我嫁人，懂了吧。"女子怕他再问，想想也扇了这么大半天，就告诉了庄先生原因。

庄先生闻此，一时不知说什么好，感慨万千。恩爱夫妻，原本如此。

"那我还是帮你一下吧。"庄先生有法术，三下两下就把新坟给弄干了。

"谢谢你，谢谢你，真是非常非常感谢你！"女子千谢万谢，这会儿是非常真诚的。不仅她不用再花力气扇了，更重要的是她可以寻找新的爱情去了，说不定新的爱情正在等着她呢，否则她干吗那么急呢？

庄子回到家，见到了久别的妻子田氏，一切都好，但还是忍不住把扇坟的新闻告诉了妻子。

田氏听了故事，自然要把那白衣女子痛骂一番的："这是什么啊，一点廉耻都没有，我绝对不会做这样的事情。"但庄子还是不太相信。

那田氏本是高干子女，生得漂亮聪明，当初嫁给庄子这老头，就是图他的学问和名气呢。在庄先生离家学道的这些年里，她的事业发展得相当顺利，她全方位开发庄子的品牌，并且做成了著名的庄子文化集团；她主编的《庄子心得》等系列丛书本本畅销；在国家电视台做关于庄子的节目，收视率也是一路居高，还应邀到处做讲座，据说出场费都已达到六位数了。

田氏的情报工作也堪称一流，她早就得知庄子要回来，而且是学成了仙术。她也看到了庄子路遇扇坟的现场，因为有卫星定位和现场图文直播。她不仅知道这些，还猜到了庄子的疑惑，这次庄子回来恐怕要试试她的忠诚。

试试就试试，没做亏心事，不怕他试，如果真要试，到时候让他吃不了兜着走。

庄子回家的第三天早上，突然肚子大疼，大汗淋漓，大口喘气，一口气忽然接不上，两腿一蹬，撒手去了，连急救车都来不及叫。

田氏虽有疑问，但还是哭哭啼啼，集团迅速组成治丧委员会。庄子是名人，各国都有非常多的好友，于是吊唁的一拨拨，各种媒体也都纷纷来报，车水马龙，一时成为当地盛事。

一日，来了位年轻英俊的后生，后生还带了个老仆人。后生说，他是庄子最得意的学生，闻听先生去世，悲痛异常，他一定要留下来替先生守灵。

学生守了几天灵，就开始对田氏献媚，田氏看着他也顺眼，但脑子里满是白衣女子扇坟的影子，于是不再搭理。那学生一计不成，又托老仆人来说，意思是看庄夫人这么年轻就守寡，他愿意和她共度以后的日子。田氏脑子又浮出庄子讲故事的情景，于是把老仆人痛斥一番，弄得他们两人都灰溜溜的。

田氏猜对了，确实是庄子设的计。他先是诈死，然后化身年轻后生来勾引。庄子的设计是这样的：田氏基本上会上钩，再让后生患头痛病，这是一种痛得要死的头痛病，然后让老仆人献计，只有吃刚去世人的脑汁才能治好。然后田氏色迷心窍，鬼迷心窍，待田氏拿着板斧劈开庄子的棺材取他脑汁时，他就从棺材里坐起来。结果是田氏要么吓死，要么疯掉。他的用意很简单，通过试妻告诉全国的老公们，不要太相信太太们的保证啊什么的，许多引诱是没有办法抵抗的。

可是，田氏就是不上钩。庄子想了很久，田氏不上钩，真的是她意志坚定呢，还是爱他爱得深呢，抑或她已经识破了他的计谋？

庄子为难了,庄子从来没有这么两难过,他已经走进他自己设计的死胡同了。两难的关键是,他回不了人间了,他没有理由现身啊,你不是死了吗?等到追悼会开过,骨灰朝天空里一撒,他好像和她说过,他是鲲鹏展翅,喜欢蓝天,田氏一定会这样做的。如果真的这样了,那我庄子半世英名……

事情真的朝着庄子既愿意看到又不愿意看到的方向发展着,田氏名声再次大震,基本成为全国妇女的楷模,忠诚爱情的楷模。

庄子试妻彻底失败,只好一辈子去"逍遥游"了。

第四辑·天留下了敦煌

天留下了敦煌

著名敦煌学家姜亮夫先生曾言,整个中国文化都在敦煌卷子中表现出来。

敦煌文献中有一些极少人关注的卷子——敦煌历日,西方的星期制被引入敦煌历中,一星期七天,都有不同的叫法:蜜(周日),莫(周一),云汉(周二),嘀(周三),温没斯(周四),那颉(周五),鸡缓(周六)。

己亥(2019年)八月初五,我在云汉这一日的深夜10点20分,从杭州飞抵沙州。

敦而煌之

犬戎最擅长的是骑猎,打一枪换一个地方,抢了东西就跑,人人能战。自周朝开始,犬戎就一直让中原人头疼,古公亶父率领他的族人迁到西岐，一个重要原因就是避开犬戎的骚扰。秦人先辈能封诸侯，也是因为攻打犬戎有功。

这犬戎指的就是匈奴人。

但匈奴人也有强大的对手。战国时期，河西走廊的主体民族是月氏人，他们赶跑了乌孙人，这支游牧部落，以敦煌和祁连山为中心，向东或向西，自由而惬意地往来于水草丰盛的广阔草原之间。月氏人日益强大，连匈奴人也不得不将首领的儿子送去当人质，以求安宁。

然而，骨子里强悍的匈奴人，并不会久居他人之下，一有机会，他们就迅速崛起。秦汉之际，冒顿单于趁着战乱不断，攻城略地，一路横扫，他们不仅赶跑了月氏人，更吞并了西域地区的一些小国。一时间，整个中国北方都成了匈奴人的天下。

而此时，汉朝初立，根本没有力量反击，只好用女人和钱物换取和平。

刘彻从小就有远大的志向，公元前140年，他即位后，立即从战略和战术上开始谋划反击匈奴。这个战略就是派遣张骞西行。公元前138年，张骞第一次西行，刘彻交给他的任务主要是，到西方去联络月氏人，请他们返回家乡，正面对抗匈奴人，好聪明的一招，以夷制夷。而张骞此行胜利归来，顺便带回来另外两个大喜讯：全面探测到了西域各国包括匈奴人的政治、经济、军事等国家实力，这为后面霍去病夺取河西走廊打下了坚实的基础；打通了中原与西域各国的丝绸之路，开启了中西文化交流的新里程。张骞西行，敦煌是起点。

这一段精彩的历史演绎，使得刘彻的帝王形象更加鲜明，也铸就了霍去病的英名。公元前121年的春和夏，霍大将军两次率汉朝大军越过祁连山，正面攻击河西走廊的匈奴人。战争的结果是，匈奴浑邪王率四万余部下投降。从此，河西地区归入汉朝版图，就如跑马圈地一样，马蹄踏及的地方，必须插上红旗。当年，刘彻就在河西地区设置了武威和酒泉二郡，敦煌属酒泉郡。十年后，再从原来的两郡分设出张掖、敦煌二郡，敦煌升格，下辖敦煌、龙勒等六县。为更进一步筑起坚固的防御体系，汉朝将长城一直修到敦煌郡的西面，并设立阳关和玉门关两个关门，《汉书·西域传》开篇就载"列四郡，据两关"，敦煌从此名震天下。

此后许多年的时光里，这个塔克拉玛干沙漠东端的沙漠绿洲，沙州，瓜州，瓜州，沙州，名称一直变来变去，改名的原因，是因为管理权限的更替，A管辖，B统治，C占据，这是个重要门户，谁都要抢。至隋大业二年（606年），复为敦煌。

东汉的应劭在《汉书》中注释"敦煌"二字这样说："敦，大也。煌，盛也。"这一个"敦"，真的好大呀，一直连着广阔的西域。

1900年6月22日

1900年6月22日，这一天正是夏至日，莫高窟的太阳，经过一天的肆虐，已经无力向西退下，傍晚一阵劲风吹来，桦树叶子簌簌而动。50岁的小个子王圆箓，这些天心情不错，他最近募捐到了一笔钱，使得洞口甬道沙土清理进度加快了不少，16号窟前的沙土基本没有了。就在这天傍晚，一个杨姓伙计向他汇报，说是甬道北壁的壁画后面，可能有洞。洞中之洞，想起来就神秘。

这王圆箓，湖北麻城人，大约1850年出生，在酒泉的巡防军中当过兵，退伍后，就在酒泉出家做了道士。王道士后来云游到莫高窟，一看这里洞窟相连，里面佛像众多，但好多都断腿缺胳膊，他就住了下来。尽管他不甚明白道和佛有什么大的区别，可他有神就信，觉得有责任，要修理好那些残像，会积德，会加持功力。王道士以后的所有日子，就是四处化缘，然后不断修补，并将一些佛殿改造成道教的灵宫。

耐心等到半夜，四周寂静，王道士和那个姓杨的伙计举着灯来到16号窟北壁前。王的心里有点小紧张，不知道在里面会发现什么，但他心里一直有所期待。几锄下去，里面就露出了空洞，有一小门，高不足容一人，用泥块封着，他们小心挖掉泥块，一丈余大小的洞就出现在他们面前。白布包无数，堆塞得极整齐，每一白布包裹着十卷经，还有许多的佛像则平铺于白布包的下面。这自然就是举世闻名的莫高窟藏经洞了，而王道士王圆箓也随之出名。不知道当时王道士的心情如何，但有一点我可以肯定，王发现这个洞的心情，一定没有斯坦因和伯希和那样的狂喜，因为他还不清楚敦煌经卷的重大价值。

2011年8月和2019年9月，我两次站在16号窟藏经洞前，努力地将头伸进洞里看，想看得仔细一点，可什么也没有看到，唯见人头攒动，人也一直被人挤着推着。王道士怎么也不会想到，100多年前那个寂静的夜晚，会制造出如今的日日人头攒动。

2019年9月5日晚，王潮歌导演的《又见敦煌》情景剧场中，人流顺着剧情的发展而不断移动，至第二幕，几阵男女对唱的信天游过后,"王道士"上场了,一身白衣白帽,演员也有些年纪,我听他的声音中有些疲惫,也许是场次演得太频繁了。边上的管理员小姑娘说,最多时,这里一天有十二场演出,王道士有AB角,也许是王道士演员深谙这个人物的心理,矛盾和谴责集一身,演得还算声情并茂。"王道士"对着我们大声地自责:"我发现藏经洞有错吗?我将这些经卷卖给外国人是为了更好地保存它们啊!佛啊,您要怎么处罚我呢?"忽然,雷声霹雳,闪电道道,前方的洞窟中,各色菩萨,间隔或齐身出现,纷纷指责"王道士"。我想,在王潮歌的心里,这些菩萨应该代表人民,是人民的心声。就在"王道士"要崩溃的时候,"观世音"出现了,她以慈悲为怀,她度人苦难,就算王道士犯了滔天大罪,她也会饶过他的。

世人如何评价王道士,这似乎已经不重要了,但一个事实是,敦煌学已经成为世界性学问,人类共同关注的学问。而王道士,是藏经洞的发现者,这一点不容置疑。

王道士的墓,就在敦煌文物陈列中心的出口处,有指示牌,一个小土堆,看的人大多谩骂一番就走了。我脑子里一直想着斯坦因拍的那张王道士照片,戴着道士帽,穿着长衫,微笑,略有点害羞,应该是他生平第一次面对这现代化的科技,再闪现出《又见敦煌》舞台上那个王道士,别有一番滋味涌上心头。敦煌文物的流失,确实不能简单地归咎于王道士,它实在是对整个旧中国的嘲讽。在王道士发现藏经洞的一个月后,八国联军的铁蹄踏入北京,慈禧太后匆匆穿着农妇的衣裳,梳着汉人头,裹胁着光绪皇帝,狼狈西逃。整个大清政府,谁还有心思关注那沙漠深处荒芜而又残损的莫高窟呢?

九色鹿

莫高学堂二楼,我们上体验课。我的座位前,是一块泥板,上面有用线条勾勒出的九色鹿,我们的任务是给这块板上色成画,老师强调,没有框框,靠你自己的理解,她还给我们演示了不少幼儿海阔天空的画作,鼓励我们超越。

敦煌壁画层面结构分四层,支撑体是砂砾岩,地仗层由泥壁构成,底色层为熟石灰和石膏,颜料层则用矿物颜料。我面前这泥板,有三层,完全依照莫高窟壁画所需材料制作而成。我们绘画,是完成第四层,就如同数千年前莫高窟中那些画工在洞壁上作画一样,只是,我们端坐着,舒适惬意,他们只能站着、蹲着、弓着腰,脸朝洞壁艰难绘画。

看着眼前画，我的思绪却一直在讲解员讲的九色鹿故事中飞扬。

莫高窟第257窟，北朝时期的画，讲解员仔细说着九色鹿拯救溺人的佛经故事。这一组画，由敦煌研究院的第二任院长段文杰先生临摹，原作比较小，隐在弥勒佛的左下角墙角边，不容易被发现。这个故事，生动曲折，是一则极好的寓言，一点也不亚于格林童话或者安徒生童话，我想，段先生选择描摹的，一定有重要价值。

一人溺于水（我们称其为"溺人"吧），几没于顶，他在极力挣扎呼救，九色鹿闻声而至，迅速跳进水中，驮起了溺人。溺人跪地感谢，表示愿意做鹿的奴仆，终身服侍它，鹿说："不用感谢，你只需要做一件事，千万不能泄露我的住处！"溺人发誓："我若泄露，全身长疮而死！"故事接着朝另一个方向发展。溺人所在国的王后，夜晚做了一个梦，她梦见一只漂亮的鹿，身上的毛有九种颜色，双角如银。次日，王后即向国王提出，要求他派人去捕鹿，用鹿皮做衣裙。国王随即发布告，称有捕得九色鹿者，愿将国家财产的一半作为赏赐。溺人一看告示，立即见利忘义，向国王告密，国王带人进山捕鹿时，九色鹿毫无知觉，它正在高山上睡大觉呢。鹿的好友乌鸦向它发出长长的警报,试图唤醒它,但当九色鹿从朦胧中醒来,已经被国王和部队紧紧包围了。面对告密的溺人,九色鹿向国王控告了溺人不讲信义、贪图富贵、出卖救命恩人的罪行。国王是个明白人,下令放鹿归山,并告示全国不准捕猎九色鹿。而此时,那无良溺人,疮满全身,倒地而亡。

"溺人"之死是报应吗?是的,这报应说白了就是人类间都要遵守的一种道德规范,是一种奖惩,还是一种规律,告诫人们不要随意去打破。

其实,在莫高窟,壁画上的故事多得如天上的星星,正是那些高水平的壁画,才将故事一次又一次生动演绎。讲解员提高了声音,提醒我们注意故事的六个场面,特别是溺人告密,堪称精彩绝伦。中国式的宫殿中,国王端坐着,他的衣着却是西域装扮。王后呢,又是龟兹国的衣物打扮,看到没?她向右侧身依偎着国王,但又转过头来看着告密的溺人,王后食指翘起,似乎在下意识地叩击,一下又一下,再细看,王后的长裙下面,有一只光脚露出,脚指头也在晃动呢。总之,王后极尽撒娇姿态,内心活动跃然于壁画上,她就是千方百计想得到九色鹿的皮。

而这九色鹿,正是释迦牟尼的前生。

我怀着极度的虔诚，将九色鹿勾画好，白色的鹿身，就让它白色吧，我喜欢洁白，干净简洁，头、角、嘴、脚，身上的花纹，我用了九种颜色画出了心中的九色鹿。我知道，这只拯救溺人的鹿，是一个象征。其实整个故事都是一个极好的比喻，做人要救人困苦，做人也要讲诚信，见利忘义，最终的结果是自食恶果，这和儒家倡导的仁义，没有什么区别，都是一种救世哲学，都是一种修养准则。自北魏至今的1600余年时光里，莫高窟492个洞窟中留下了2415尊佛像和4.5万平方米的壁画，壁画内容无所不包，中国文化、古希腊文化、伊斯兰文化、印度文化，它们完美交汇，灿若星辰，它们是人类共同的文明。

在数千年前的这个荒漠绝谷，我仿佛看见了九色鹿在窟前的那片绿洲中悠闲地吃草，流水潺潺，林木葱郁，鹿在桦树林中的小溪里沐浴，前有长河，波映重阁，天留下了日月，佛也留下了经。

九色鹿的身体里有敦煌，有莫高窟，我将九色鹿小心翼翼地装进硬纸盒，带回了杭州。

胡旋舞

莫高窟壁画的博大精深，无法一一写尽，我只关注喜欢的。

我的目光始终在汉唐的壁画上留恋，各色人等，来来往往，眼花缭乱，似乎又幻化成长安街上那挤挤挨挨的人群。

汉唐的长安，开放包容，胡风劲吹，西域文化深入人心。汉灵帝好胡服，挂胡帐，睡胡床，吃胡饭，弹胡箜篌，吹胡笛，跳胡舞，京城贵戚，上下竞仿之。有资料说，唐贞观四年（630年），单是在长安的突厥人就有8万人之多。唐开元天宝之际，唐玄宗沉溺于声色犬马，乐不思政，整个长安几乎就是一座娱乐不夜城。诗人王建的《凉州行》云："城头山鸡鸣角角，洛阳家家学胡乐。"这样的情景，真是让人感觉世界成大同。"玄宗尝伺察诸王。宁王常夏中挥汗挽鼓，所读书乃龟兹乐谱也。上知之，喜曰：'天子兄弟当极醉乐耳。'"这是唐朝笔记大家段成式的《酉阳杂俎》前集卷十二中的记载，玄宗看他的兄弟这样沉浸于玩乐中，高兴坏了，没有人惦记他的皇位，多让人放心的事情啊。唐玄宗喜欢打羯鼓，宁王的长子，汝阳王李琎，又名花奴，他和唐玄宗一样，都打得一手好羯鼓，那我猜，这里的宁王，练的也极有可能是羯鼓。

弹琵琶、吹横笛、打羯鼓、唱春莺、舞胡旋，这大概就是唐代的文化日常。鲁迅曾说："唐人大有胡气。"我觉得，这应该是极高的赞扬，唐代文化兼收并蓄，玄奘西去，遣唐使东来，都是对西域文化和外国文化的大胆吸收和交融。

唐代，敦煌舞乐也进入鼎盛时代。我走进第220窟，细看唐代壁画《药师变》，这上面的燃灯舞是唐代壁画中最大的乐舞场面。二组乐队，共28人，其中26人演奏乐器，二人唱歌。乐队的前面有两棵灯树，每树四层重叠灯轮，各有天女燃灯。舞台中间还有一座高大的灯楼，灯光明亮，一片灯海。不过，这些似乎全都是背景，在辉煌的灯火中，有两对舞者，各自站在小圆毯子上，起劲旋转。注意噢，他们始终不离那小毯子，但舞蹈幅度巨大，或张臂回旋，或纵横踢踏，旋转如风。这就是著名的胡旋舞，出自中亚，流行于西域，初唐传入长安，唐玄宗深好此舞，杨贵妃、安禄山都跳得很好。

这胡旋舞有多流行，看看当时的记载就知道一二了。

白居易的新乐府诗有《胡旋女》，这样描写：

> 胡旋女，胡旋女，心应弦，手应鼓。弦鼓一声双袖举，回雪飘摇转蓬舞，左旋右转不知疲，千匝万周无已时。人间物类无可比，奔车轮缓旋风迟。

白诗的描写，让我立即想起广场舞。每天走路到运河广场上，就会看到那些跳广场舞的大伯大妈，音乐响起，脚底痒痒，随时随地跳，不知疲倦地跳，跳得大汗淋漓，跳到地老天荒。

我在多个场合看到过胡旋舞。

戊戌年（2018年）十月，宁夏博物馆，我看到了两扇石刻胡旋舞的墓门，全国仅此一件。门呈长方形状，上下有圆柱状榫，两门闭合处各有一孔，石门正中的"胡旋舞"雕刻画，是唐代音乐舞蹈巅峰状态的又一明证。

丁酉年（2017年）五月，河南省博物院，我看到了一个黄釉瓷扁壶，北齐年间的。壶身两侧，画的是宴会中的乐舞场景，歌舞者皆为高鼻深目之西域人士，窄袖长衫，宽腰软靴，有吹横笛的，有弹琵琶的，还有一人高举双手打着节拍，中间的主角，跳的就是胡旋舞。美酒喝起来，音乐响起来，这应该是一个很欢快的歌舞会。

看莫高窟壁画时，我时常被壁画上的歌舞场景吸引，飞天和反弹琵琶，已是敦煌的象征之一。敦煌市区的城标，就是反弹琵琶女的形象。在第231窟晚唐壁画的修复现场，毕业于兰州交大、工作五年的敦煌研究院的小侯对我说，莫高窟的壁画上，出现过50多个乐器种类，共画有4500多件乐器，众人听了都惊叹不已。

为什么要画这么多的歌舞场景和乐器呢？我的一个简单理解就是：表达美好的生活和理想。而在这个国际化城市敦煌，美好的生活是由各种不同肤色的人们带来和创造的，这是人类的共同理想。

极乐世界是理想社会，在壁画中，理想社会还可以和我们的农耕景象和谐结合。莫高窟第296、148、205、61、55等窟中，有数十幅农耕画面，"一种七收"，种一次，收七次，这当然是人人向往的了。

有吃有喝，唱唱跳跳，晴耕雨读。虽然敦煌极少降雨，但人们依旧快乐，因为洞窟中那些塑像会带给他们坚定的信仰。

伤心史

敦煌藏经洞陈列馆，一块长条大石上，凿刻着陈寅恪的一句话：敦煌者我国学术之伤心史也。粗壮的刻痕深嵌进石头的身体，也同样触痛着国人的心。

不过，今日再一味谴责王道士、斯坦因、伯希和们，那些散落在国外的敦煌经卷也终究回不了敦煌，不如谨记两点：铭记陈寅恪的伤心，将敦煌保护研究好。

敦煌研究院院史陈列馆，敦煌儿女70年保护敦煌的艰辛历程让人动容。

我走进张大千在敦煌时居住了两年多的旧居。这是一间不大的土坯房，进门稍大一间是客厅，北墙有一个土炕，那是大师的卧室，北墙上残留一幅《墨竹图》，已漫漶模糊，是大师的真迹。1941年，张大千带着家眷门人子侄，从四川长途跋涉到这大漠深处。他为洞窟仔细编号，每天临摹壁画，从南北朝至唐、五代，他都视如宝贝。

张大千临摹壁画，意义巨大，陈寅恪如此评价：

> 自敦煌宝藏发现以来，吾国人研究此历劫仅存之

国宝者,止局于文籍之考证,至艺术方面,则犹有待。大千先生临摹北朝唐五代之壁画,介绍于世人,使得窥此国宝之一斑,其成绩固已超出以前研究之范围。何况其天才特具,虽是临摹之本,兼有创造之功,实能于吾民族艺术上别创一新境界,其为敦煌学领域中不朽之盛事,更无论矣。

我的杭州老乡常书鸿,自1935年秋的一天,在塞纳河畔的一个旧书摊上偶然发现了伯希和的《敦煌石窟图录》后,内心的震撼就无法言语,保护敦煌壁画的决心也由此萌生。常书鸿1943年3月到达敦煌后,就将他的一生和莫高窟紧紧融汇在了一起,直至他生命的终结。

常书鸿的办公室,目测不足十平方,除了一张老式的写字台,一个简陋的书架,还有就是比别人多了几个画架,那是他的重要工作,他每天虽有处理不完的事情,但他更要关注那些洞窟里的壁画。

写常书鸿事迹的文字太多了,仅录一段他旧居墙上《九十春秋·敦煌五十年》的话,这足可表明他50年保护敦煌的心志:

> 我想，萨埵那太子可以舍身饲虎，我为什么不能舍弃一切侍奉艺术、侍奉这座伟大的民族艺术宝库呢？在这兵荒马乱的动荡年代里，它是多么脆弱，多么需要保护，需要终生为它效力的人啊！

张大千回川后，在重庆中央图书馆举办了敦煌壁画展，一时轰动。据当时的媒体报道，展览门票高达50元一张，但售票处常常排起长龙，有时购票队伍竟有一里多长。在国立艺专求学的青年学生段文杰，第一天去看展，没买到票，第二天一大早才得以如愿。段文杰自己坦承，他就是看了那次画展后才被吸引到敦煌去的。

我去敦煌前，专门读了段文杰的《佛在敦煌》，通俗而专业，有不少新观点。他是敦煌研究院的第二任院长，我在字里行间寻找并感悟着他在研究和保护莫高窟壁画上的心路历程。段的心志可以用《敦煌之梦》中的一句话表达：

> 不怕风起沙扬，不惧遍地荆棘，秉烛前行在文明的宝库里。

那些发黄的手稿，工工整整，规规矩矩，那是学者的一丝不苟，那也是他们和壁画和洞窟交流的毕生心血，他们是保护者，他们也是传承者。

前院耸立着两棵古榆树，已经有240多年，树冠参天，树皮极为粗糙，树纹纵深达四五厘米，这饱经风霜的榆树，忍受着大漠风沙的摧折，却越来越坚强和挺拔。这是一个极好的隐喻，这不就是千年敦煌吗？这不就是保护国宝的敦煌儿女们吗？！

有一个小遗憾，我回杭州的第二天晚上，上海沪剧院的一台大戏《敦煌女儿》在敦煌大剧院献演，它以敦煌研究院名誉院长樊锦诗为主要原型，兼及敦煌保护者的所有群体。杭州女儿樊锦诗和演员们座谈时说，她到敦煌的第一夜就住在了王道士发现藏经洞旁的破庙里，睡土炕，喝雨水。不过，第259窟那禅定佛"蒙娜丽莎般的微笑"，让她铭记了一辈子，只是，达·芬奇创作那传世名作时，禅定佛陀已经在莫高窟笑了一千年。这笑容，就是让她在敦煌待一辈子的理由。

伤心史终成宝藏地，世界的敦煌，人类的敦煌。

天净沙

  莫高窟的背面就是鸣沙山。抬望眼，长天碧空，一片净沙。那沙丘，形成于千万年前，风吹沙粒振动，沙土层也会共鸣，即使风停沙静，沙山也会发出丝竹管弦般的声音。

  中国沙漠多，会发出声响的沙，其实不少。我去过内蒙古鄂尔多斯的响沙湾，那里的沙也以会发声而著名。只是，对鸣沙山而言，这里的响声更具另一层的意义。莫高窟中2415尊佛像和4.5万平方米的壁画，他们虽无言，却日日伴随着那些沙砾。在我看来，鸣沙的声音，其实是一种信仰的传递，这是沙砾和莫高窟之间的单独约定。

  夜幕降临，月泉阁翘起的檐角上，一弯明月已经升起，整个鸣沙山依旧热闹嘈杂。夜游的人们，似沙丘中的蚂蚁，沉溺于沙海中，他们在尽情戏沙、滑沙。月泉阁下月牙泉，这泉，像极了刚升起的弯月，我在弯月旁的一棵左公柳下坐定，秋思，我不是天涯断肠人，这里有老树，没有昏鸦，没有小桥流水人家，我只是独坐独思而已。

  眼前芦苇长得极高，我不知道这些芦苇有没有修剪过，但确实比我八年前来此茂盛多了。芦花已盛开，微风吹起，芦花轻轻摇曳,月牙泉迷死人。那一汪泉水,波平如镜,在暗夜灯光的映照下晶莹闪烁。我不知道水里有没有鱼,一定是有的,但肯定不多,或许,那些鱼听惯了喧闹的人声,该休息就休息了。这一汪泉,给人太多的遐想,我看照片,一百年前,斯坦因、伯希和他们来的时候,还有很宽的水面,而在唐朝,进出这里要坐船。

我脚下是沙,背靠的这棵左公柳,粗壮茂盛,虬枝苍劲,上有吊牌写着:学名旱柳,1892年种植。左公柳,浸润着一段厚重而沧桑的历史。

1876年,左宗棠带着他的大军进新疆平乱,左将军此行,抱着必死必胜的信心,抬棺出征,这是什么样的勇气呀。以前海瑞进谏,也抬过棺。这样的气势,没人能阻挡得了。左大将军还是个著名的环保人士,他率领的军队到处种树,自泾州以西至玉关,夹道种柳,连续数千里。有资料统计,仅陕西长武至甘肃会宁,种活的树就有264000多株。1879年,即将继任陕甘总督的杨昌浚,一路西行,见道旁柳树成荫,触景而诗:"大将筹边尚未还,湖湘子弟满天山。新栽杨柳三千里,引得春风渡玉关。"这夹道成荫的左公柳,把春天带到了边疆,春风吹到了玉门关外。

我索性将鞋子脱掉,双脚尽情伸进沙中,我想接收到沙砾更多的信息。

沙生活了多久,敦煌就存在了多久。嗯,是的,虽然敦煌有悠久而辉煌的历史,但沙砾要比敦煌久远许多,我尊敬沙砾,无数的沙砾。

这沙砾会移动,犹如行进的大军,有时会横扫一切。阳光下,长长的驼队,影子在沙丘上拉得很长,驼队从敦煌出发,沾着沙砾的驼脚,一步一步坚实地向西域走去,迈出了一条宽阔的丝绸之路。

不要忘了,驼背上那袋里装着的闪亮珍珠,它们也是沙砾变成的,蚌的孕育,虽有痛苦,但沙砾最终磨砺成金。

把脚收起,今晚收获颇多。我感觉,在敦煌,天净沙,每一粒沙子都已经具有了佛性。

关照

元二,王维的好朋友,他要去安西都护府(下辖于阗、龟兹、疏勒、碎叶四镇)任职,朋友远行,必须送一送,也许再也见不着面了。渭城客舍,虽是晚春,夜晚还有些凉,但王诗人和元二的送行酒喝了一杯又一杯，知心话说了一遍又一遍，嘱咐的话交代了一次又一次。天公也作美，临行前又下雨，空气清新，驿道上的尘土就不会飞扬了。君要远行，终有一别，吟过这首诗，再喝一杯酒，就此别过吧！

《送元二使安西》，使敦煌西南那个叫阳关的关塞出了名。不过，还是让人有点伤感，西出阳关无故人。元老二啊，您老兄自己多保重吧！

我先让元二穿越到汉朝。

元二不是去安西上任，安西那时还是西域诸国呢，元二是去西域做生意。元二从长安一路西行，至敦煌西南的阳关，前面是茫茫大漠，汉朝在此设立关口，要过关必须要先取得"关照"，就是通关文牒，说明西去事由，得到敦煌郡司户参军签发的关照，经过阳关时，再由守卫敦煌的阳关都尉验证，验证通过，就可以出关了。

现在，我也穿越到汉朝了。

不过，我显然比较省时省力。9月6日上午10点左右，出关的人不多，叫过姓和名，我在敦煌郡司户参军处也拿到了签发的关照，"司户参军"说了一句："恭喜你取得阳关关照，你可以出关了。"我接过关照，来不及细看，就朝戴着铁帽穿着盔甲的军官答道:"谢参军大人。"大家都忍着笑,严肃的程度不亚于我在上海美领馆办签证。

翻看着精美的通关文牒,经过一片沙砾地,我要出关门。

"阳关都尉"接过关照,板着脸问:"叫什么?来自何处?去西域何事?"

我是第一个过关验证,打定主意要搞一下事,看看都尉的配合程度,是不是默契:"我叫元二,来自吴越,去西域做访问学者!"

"阳关都尉"一听,显然生气,黑脸怒斥:"一派胡言乱语,拖下去,打十棍!"

必须屏住笑,否则没有效果。关门边的两个老兵,一下将我摁在大门上,让我趴着,举着棍就打,还真打,一下,又一下,我立即大声反抗:"我抗议,我要到敦煌郡守那里告状,你们滥打无辜!""抗议无效!照打!"终于在笑声中打完十棍,我出关。

哈,不断有笑声传来,应该是不断有人被"打",大笑过后,一阵轻松。10点20分,阳光正烈,阳关遗址呈现在我眼前。四周全是沙砾,粗细不均,一块立着的大石,上书四个红色大字,需要足够的想象力才能还原那时的场景。前方是库木塔格沙漠,中国八大沙漠之一,连着甘肃与新疆。这沙漠也连着鸣沙山,再远处,就是阿尔金雪山,烈日下,一片白茫茫,不辨视线。阳关遗址的另一面高处,是汉武帝时代的一个烽燧墩,就是烽火台,四五米高,被风蚀得厉害。整个敦煌,汉代的烽火台遗址有20几处,长城大多已和沙土齐平,遗迹不多。长城和烽火台,瞭望与警戒,作用巨大,敌人来多少,距离多远,都有专门的信号报告,守军提前做好准备,犯敌有时也会望烽而止。进和退,守和挡,都由利益决定。

精彩镜头,穿越大唐时空,自天倏然而降。1300多年前的阳关,这一场盛大的欢迎仪式,一直激动人心。

唐玄奘自玉门关偷渡出去后,已经整整18年,他用双脚丈量过100多个国家,遥想当年出关,五天四夜没有水饮,却奇迹般穿过800里沙漠,所受的苦远超《西游记》中那个骑白马的唐僧。今天,贞观十九年(645年)四月,他从阳关返回大唐,大唐如今已是贞观盛世。李世民下令,敦煌吏民,全体到阳关迎接唐玄奘。你可以想象当时的场景,万民夹道,人们嘴里不断喊着玄奘的名,挥臂高呼,神情振奋,而玄奘带着随行人员,一扫往日的疲惫,容光焕发,他的神情坚定而自信,因为长长的驼队上，有驮着来自印度的657部经卷，那可是大唐的精神食粮。

今年四月，我重登西安大雁塔，重新感受唐玄奘西域取经的伟大精神。他已经不单单是一位高僧了，一部《大唐西域记》，足可显示他是伟大的探险家、外交家、地理学家。印度史学家阿里如此赞誉玄奘："如果没有玄奘的著作，重建印度历史是完全不可能的！"

从欢迎唐玄奘回大唐的队伍中闪回，我们到了阳光镇。阳光镇地处阳关遗址，3000多人口，镇里有大片的葡萄园。中午，我们在疏勒村的一个葡萄庄园用餐，满架绿叶交叉掩映，成串葡萄粒粒诱人。阳光满天满地，敦煌的阳光日照时间长，葡萄特别甜，品种多，也便宜。

阳关北去80千米，就到了玉门关，关口公路上方有牌，杨昌浚的诗显眼地挂着：新栽杨柳三千里，引得春风渡玉关。嗯，这玉门关不用多写了，一个小方盘遗址，断垣残壁上满是故事。你可以准备几盘李广杏干，拎一壶酒，喊上王之涣，随意找个地方坐下来。喏，就到小方盘前面那块湿地边上坐吧，有草，有水，有戈壁，有巨大的野骆驼，有狂劲的野马，当然还有伶俐的飞鸟。你们喝酒胡侃，烽火、汉简、大漠、孤烟，把天上的事聊到地上，把地上的事聊到云上。哈哈，羌笛早已不怨杨柳，春风也早度玉门关了。

你们慢慢聊噢，聊到长河落日，我要去看那些奇特的雅丹地貌了。

舰队司令

我写过斯文·赫定的亚洲探险，这位瑞典人，自14岁起，就立下了走游世界的决心，他曾四次来到中亚，他的几本书中，都详细记载了考察的踪迹。

1899至1902年间，他第二次考察中亚，到达新疆的罗布泊地区，发现了楼兰古国。同时，他也发现，罗布泊荒漠中那些垄岗状残丘，面积巨大，它们原是河湖沉积物，河湖干涸，千万年的强风吹蚀，于是就成了千奇百怪的地貌，他将它们命名为"雅丹"。

现在，我们往雅丹地貌处深入，一站一站看，至第三站"西海舰队"，我直奔滑翔机而去，我要从高空往下俯瞰，做一回"舰队司令"，检阅那庞大的舰队群。

马达轰鸣，轻巧的滑翔机冲出几十米后，一下子将我从沙漠中腾空拎起。看见我的舰队了，它们排着长长的队列，一艘接一艘，大小舰紧紧相依护卫，舰与舰之间并不规则，舰的数量一下子无法看清，粗略概算，不少于几百艘，这应该是世界上最大的舰队了，联合舰群，气势无比。

"西海舰队"不是铁甲胜似铁甲，它们黄色的舰身，自露出水的那天后，就一直以沙漠为港，千万年驻守着这片土地。起先，它们并不分离，它们是一个整体，西伯利亚刮来的强风，一天天，一月月，一年年，细沙飞走，粗沙也飞走，板结的砂岩全身却被强风吹得越来越结实，如同汉子被吹跑了衣物，只能光裸着身子对着大地，沐着月光，依然顽强地抵抗着强风，而它们（沙砾岩），最终组合成了蔚为壮观的联合舰群。

百来米的高度，其实并不算高，但从这个视角视察舰队，我以为角度、高度正合适，我可以比较清楚地看那些舰，激情涌起，我向它们挥挥手，不断地喊着："你们好！你们好！"可是，它们并没有回应我，或许是因为检阅太匆忙，它们没有接到通知，或许是检阅的"司令"比较多，它们习以为常，任由你们巡视。

这样的舰群，让考察家斯文·赫定惊奇，也让我们所有的初见者、再见者惊奇，大自然的鬼斧神工，常常使人们的想象力疲惫不堪，使人们百思不得其解。

沧桑和辽阔，奇特和宏伟，联合舰群所呈现的许多地方，都独一无二，它们是地球第四纪演变的使者，它们也是大地的瞭望者，看天地人生，我自岿然不动如山，它们要再活5000万年！

党河的早晨

鸡绶日（周六）的早晨，这一天的命名中有"鸡"，我却没有听到鸡叫，"鸡绶"是鸡叫了五天辛苦，歇一天再叫吗？假如是，这样安排也太人性化了。阳光已经初照，空气中弥漫着别样的清新，要离开敦煌了，我必须去党河岸边走走，敦煌的水和草，我都特别喜欢。

党河，又称党金郭勒，是疏勒河的支流，敦煌的母亲河，河水主要靠融化的冰川冰雪、泉水和降水，它是沙漠人的生命河。

岸东边的石堰墙上，绘有上百米长的敦煌壁画，壁画自然比莫高窟的粗糙很多，但不妨碍人们对敦煌壁画的理解，在晴空下，这些壁画反而更一目了然，那些佛像日日对着来往的行人，不断地诉说着敦煌以及和敦煌有关的故事。

还有经典，也是长长的篇幅，从老聃到孔子再到庄周，从《老子》到《论语》再到《庄子》，中国文化的精华散发出浓浓的经典气息，它们是中国人的精神支柱，和天地相辉映，千百年来都闪耀着动人的光芒。

党河中央，满河的清波，水静波平。要知道，这里是敦煌，假如在别处，在我们水网密布的江南，这样的水面一点也不稀奇。而在这茫茫大漠中，水贵如油，这一河水，就特别让人兴奋，就如同看自己的孩子经过数年的奋斗，终于考取了一所好学校一样兴奋和自豪。

党河的远处就是鸣沙山，沙峰高高低低，错落间杂，在阳光下泛着黄色的光。那里不可能很湿润，那里终年阳光普照，那里一有雨水，立即就会被榨干吸净。敦煌的年降雨量只有二三十厘米，江南地区一个小时就下足了。或许，也正是这样的干燥，才让莫高窟成了千年珍宝，然而，任何人都知道动植物和水的关系，看着眼前这一河水，真是让人感慨万千。

沙漠里其实是有不少河流的，吐鲁番沙漠深处，葡萄特别甜，原因就是喝了地下千百年的雪水。猫腰走进地下暗河参观，雪水透出逼人的寒气，你会感叹大自然的慷慨和吝啬同时存在，有时真的不可思议。我不知道敦煌的沙漠下面有没有地下暗河，即便有，这一河的水也是珍贵无比。

党河岸边，早锻炼的人群三三两两，看他们的神态和语气，大多数应该是敦煌本地的居民，皮肤深红透色，脸上淌着笑容。数千年的民族融合，你已难辨他们是谁谁的后代，他们的普通话，咬文嚼字，听了都挺舒服。

党河中央有一排长长的石墩，一块一块不大，但完全可以踏得稳健，我一步一步踩过去，我要到对岸去感受党河，那里有一个公园，我猜那些桂花树，应该有香味了。前几天我在运河边走，那里的桂花味已经沁人鼻腔，给人醉醉的感觉。果然，那几株大的桂花树下，有几位老人在闲聊。我对敦煌的好奇，不知道是不是来源于写作的冲动，总之，我加入了他们的闲聊，哪怕几分钟也好。他们谈儿女家常，谈油盐酱醋，他们也谈丝绸之路，从他们的话题中听得出小城的闲适，也听得出这里并不偏僻。

前天从阳关回敦煌的途中，我特地观察了路边的疏勒河，基本不见河水，是的，要在沙漠和戈壁的河流中看见水，真是太难得了。在敦煌的日子,我洗手洗浴的速度都非常快,我想许多人也和我一样,无须提醒的自觉,只是缘于一种为他人着想的善良。

面对敦煌的博大与古老,自己时时显得浅陋和惶恐,唯有用身体去感觉,用灵魂去感悟,方得些许安宁,一切的一切,皆因为上苍留下的这一个厚重的名词。

《霓裳》的种子

白居易的《琵琶行》,我滚瓜烂熟。

"老大嫁作商人妇"的琵琶女,"江州司马青衫湿"的白乐天,这一对"同是天涯沦落人"的苦命人,因一夜相逢,谱写下了中国音乐史上的著名篇章。

我一直在古代笔记中蜗行,野史音乐笔记的点点细迹,犹如绵长的琴声,不断撞击着我的心灵。以《霓裳》和《六幺》两首唐朝大曲为引,耕云钓月,草蛇灰线,古今勾连,采珠而成。

这几天,白乐天的心里,颇不宁静。

几个好朋友,千里迢迢来江州探望他,说了无数安慰话,喝了多少坛醉米酒，自然，诗也做了不少。今晚，就要送走他们了。

浔阳江边，枫叶、荻花，秋瑟瑟，送别场景也有点让人伤感。

还得再喝一回，必须喝，以后不知猴年马月能聚首啊。

朗朗清夜，月挂中天，满地寂静。一阵江波涌来，时而哗哗，激荡着船舱舷板。远处，山鸟偶尔几声尖鸣，划破夜空的寂静，想是在互相求偶，或者子女在寻找母亲。

来来来，酒上来，菜上来，诗人们的分别酒，酒里满是愁绪。大家一杯接一杯，酒话一箩筐一箩筐地讲，你说我醉了，我说你醉了，对影成三人，没醉没醉，再喝。白乐天心里确实有点遗憾，这样的场景，要是再来点音乐，那就太好了，可是，浔阳地僻无音乐，终岁不闻丝竹声，即便有也是呕哑嘲哳难为听。

罢罢罢。酒是喝不完的，朋友总要告别，我们就此别过，各自保重！

忽闻水上琵琶声。

奇迹出现了。

这琵琶声，犹如晴空里传来的仙乐，让人耳朵顿时通亮，也深深击中了诗人枯干的心灵。白乐天握着朋友的手，忘记了放开，嘴里连声喊着："这是哪里来的仙乐啊，哪里来的仙乐！"

许是喊声惊动了弹奏者，琵琶声停了下来。

这一晚，浔阳江边，也没几条船。循声暗问，一下子就找了演奏者。

此时的白乐天，心情大好："来吧，朋友，添酒，回灯，重新开宴！我们一起欣赏如仙乐的琵琶。"

接下来的场景，就是千年传诵的著名经典了。

著名琵琶手的高水平演奏，我们可以从几个层次解读。

强大的气场。

转轴拨弦三两声，未成曲调先有情。犹如序曲，正式演出前，演员抱着琵琶，先正正音，然后，轻捏小拳，优雅挥空，五指依次快速在琵琶弦上走一下，当当当，当当当，只几下，就将观众镇住了，她是在试音，却又是定调，一听就是皇家歌舞剧院的专业高手。

娴熟的技艺。

白乐天对音乐也颇有研究。他笔下的琵琶手，从转轴拨弦开始，技术臻美。有拢，是轻轻地拢；有捻，是慢慢地捻；有抹，来回快速如走泥丸；有挑，纤纤细指跳跃拨弦。常常是，拢捻抹挑，交错进行，变幻无穷。那四根弦，在琵琶女手里，就是她的千军万马，随时听她差遣。

臻美的效果。

白乐天笔下的琵琶手，已经成为琵琶行业的顶尖标杆。她演奏所达到的那种境界，成为中国古典音乐史上的典范。从修辞上讲，白乐天用通感的手法，打通视觉和听觉，使转瞬即逝的声音，成为刻印在人们脑子里永远的线条。而如此丰富多变的声音描写，也绝对是文学史上的空前之举。那琵琶声，如急雨，如私语，如大珠小珠落在玉盘，如夜莺叫着从花底滑过，如汩汩暗泉在冰下流动，如银瓶突破水浆迸裂，如铁骑突出刀枪相鸣，还如用力撕碎的那布帛声！

丰富的感情。

无论哪种艺术，高手与低手，区别大都在表情达意上。

白乐天笔下的琵琶手，她的琴声，始终都饱含着思想，她的所有人生感悟，都在弦上表现出来。未成曲调，已先有情，弹到后来，弦弦都在掩抑，声声都在思索。

琴弦抚不平心情，琵琶女是情感大爆发？琵琶女的身世，触动了白乐天自己的际遇？琵琶声触动了白乐天对人生、对官场的思索？都有。你中有我，我中有你，一个情字，穿起了整首《琵琶行》。

女琵琶演员自述的经历，让白乐天一行，感慨无限。

一个京城女孩子，13岁的时候，就从唐朝国家音乐学院毕业，琵琶技艺已经达到最高级别。她拿到了证书，而且完全凭的是实力，曾参加数次全国性的演奏大赛，她的技艺，那些琵琶大师，统统都打了满分，这是我们唐朝难得的音乐人才啊。她每每出场，总让其他的女演员羡慕嫉妒恨，绝世美女啊，要貌有貌，要才有才。

自然，她的身后追捧者排成排，站成行，一场演出下来，收到的鲜花无数，打赏的银子也让人眼红。人们争着请消夜，酒喝到尽兴处，常常洒得漂亮的罗裙也是酒迹斑斑。

这样的生活，醉生梦死，真是让人忘记了年纪。不知年月地疯，一年又一年，好日子终于到头，容颜不长驻，逐香的人们，又去绕别的花了。门前冷落，车马稀少，所有的好日子都成明日黄花。

这场酒喝到最后，这场演奏会开到最后，琵琶手也为白乐天一行所感动了。她也有很多感慨，天下很多人的命运，其实是相似的，无论是官，是民，还是乐手，都有各自的苦衷。同是天涯沦落人,看,这位文质彬彬的江州司马,酒一直在喝,眼泪一直在流,他厚厚的蓝布衫,已经湿了一大块。

2

整首《琵琶行》中,琵琶手弹奏的曲子,有名称的只有两首,"初为《霓裳》后《六幺》",一首是《霓裳》,一首是《六幺》。

即便琵琶演奏到最后,"莫辞更坐弹一曲",白乐天也没有写弹奏曲子的名称。

现在,我们来说说这两首有名称的曲子。

它们都是唐代大曲,所谓大曲,往往是歌、乐、舞三位一体,连缀融合的综合艺术。它一般由散序、歌、破三部分组成。

唐代崔令钦的笔记《教坊记》,详细列举了当时流行的**46种大曲名称:**

踏金莲　绿腰　凉州　薄媚　贺圣乐　伊州　甘州
泛龙舟　采桑　千秋乐　霓裳　玉树后庭花　伴侣

雨霖铃　柘枝　胡僧破　平翻　相驼逼　吕太后

突厥三台　大宝　一斗盐　羊头神　大姊　舞大姊

急月记　断弓弦　碧霄吟　穿心蛮　罗步底　回波乐

千春乐　龟兹乐　醉浑脱　映山鸡　昊破　四会子

安公子　舞春风　迎春风　看江波　寒雁子　又中春

玩中秋　迎仙客　同心结

《绿腰》就是《六幺》。

每一种曲，都有不同的来历和故事。

先说《霓裳》。

《霓裳》，全名《霓裳羽衣曲》，这一定要先说唐明皇李隆基。

他是此曲的创造者。

唐明皇游月宫，谁带领？有申天师、洪都客，有罗公远，还有叶法善，最著名的当数天师叶法善。

道教作为大唐国教，法曲自然是主旋律。

宋人李上交的笔记《近事会元》，卷四《霓裳羽衣曲》中，有关于此曲的来历：

唐野史云：明皇开元中，道人叶法善，引上入月宫。时秋，上苦凄冷，不能久留。回于天半，尚闻仙乐。及归，但记其半曲。遂篾中写之。会西京都督杨敬述进《婆罗门曲》，与其声调相符，遂以月中所闻为之散序，因敬述所进为曲身，名《霓裳羽衣曲》也。

虽是野史，情节却相当完整。

开元年间，唐明皇由道士叶法善引导上天，进了月宫。月宫的秋天，天气清冷，在这样的环境里，凡人是不能久待的。但是，月宫中仙乐阵阵，让人飘浮，如在梦幻。返回途中，隐隐的仙乐仍在耳边回荡。等回到人间，只记得半支曲子，赶紧找纸笔记下来。巧的是，西京都督杨敬述，这时向唐明皇进献了一首曲子，声调和在月宫中听到的差不多，于是，就将月宫中听到的作曲子的序，杨敬述进献的作曲子主体部分，两部分合在一起，起名《霓裳羽衣曲》。

但还有另外几种说法。

比如，宋代乐史的传奇小说《杨太真外传》这样记载："《霓裳羽衣曲》者，是玄宗登三乡驿，望女几山所作也。"

故刘禹锡有诗云:"三乡驿伏睹玄宗望女几山诗,小臣斐然有感:开元天子万事足,唯惜当时光景促。三乡陌上望仙山,归作《霓裳羽衣曲》。"三乡驿者,唐连昌宫(洛阳宜阳县的离宫)所在也。

宋代王灼的笔记《碧鸡漫志》卷三这样判断:

> 《霓裳羽衣曲》,说者多异,予断之曰:西凉创作,明皇润色,又为易美名,其他饰以神怪者,皆不足信也。

不管哪一种说法,《霓裳羽衣曲》都是一种糅合性的创作,它沾着仙气,犹如仙乐。

这一下,中国音乐史上著名的曲子诞生了。

有诗为证。

《全唐诗》中,"霓裳"这个词出现过100多次,其中,至少有60多次直接写到这部大曲,有说来源,有说曲调,也有说结构,还有说配器,涉及方方面面。

唐明皇,唐玄宗,李隆基,历代帝王中,他的音乐才能和风流多情,数一数二。

3

宋代沈括的笔记《梦溪笔谈》卷五·《乐律一》让我知道了唐玄宗多情的源头。

唐玄宗打得一手好鼓,这种鼓叫羯鼓。羯鼓的特点是透空碎远,和一般的鼓极为不同,它可以独奏。沈括研究认为,唐代的羯鼓曲,比较著名的有《大合蝉》《滴滴泉》等,但都差不多失传了,到他这个时代,几乎没有什么人会这个了。沈括这样写:唐玄宗和李龟年(唐代著名音乐家)讨论羯鼓时,透露了一个细节,唐玄宗为了练习打羯鼓,打坏的鼓杖有四柜子之多。

在我知道唐玄宗是打鼓高手之前,我对他的印象主要有以下几点。

运气十分好也十分坏。十分好是,靠他太爷爷、爷爷和父亲的积累,唐朝到他这里,已经非常强盛,这不是他水平高,而是他运气好;十分坏是,唐朝的由盛而衰是他造成的,最后仓皇出逃,场景非常凄惨。朝廷派出前导官沿路安排皇帝的食宿,结果前导官和沿途的县令都撇下皇帝不管,逃得无影无踪。再派使者征召其他的官吏与民众,也没有一个人响应。到了中午还没有饭吃，杨国忠只好自己去买饼给他吃。还是老百姓善良，他们看到皇帝如此悲惨，就来献食，虽然都是粗粮，但皇孙们却一抢而空。

器重宦官。他曾经这样说，没有高力士在他身边值班，他都睡不好觉。于是，从他开始，一大批宦官得到任用。这样的结果就是，高力士甚至代替唐玄宗阅读天下的奏章，小事就直接处理了，大事才向他汇报（谁知道高会瞒下什么大事呢）。

乱伦高手。杨贵妃原来是他儿子寿王的妃子，他是想尽办法弄到手，过程就不去说了。"脏唐"里，他的"功劳"不可磨灭。奇怪的是，他为什么会下这么大的决心？费如此大的周折？做这种事情，真要下点决心的。原来，杨贵妃除美貌以外，还有特别的天赋，就是通晓音律，唱歌跳舞样样拿手，这一点，与爱好音乐的李隆基兴趣十分相合，自然是三千宠爱集一身了。

好了，说这些印象，你就可以看出，这个李隆基平时大概在干些什么了。有这样的素质，你还想让他学习唐太宗？看来，唐太宗的一系列忧虑都是白费了，他的子孙比他潇洒。他的兴趣在音乐等享受上呢！

于是，我们可以设想。

李隆基第一次看到、听到这个羯鼓,就异常激动,这个东西能表达他的心声,能让他放松,能让他达到想要的理想境界。俗话说,兴趣是学习之母,兴趣会给一个人带来无限的动力!他初试牛刀,竟然博得满堂喝彩,于是信心倍增,不断地打啊,打啊,有空就打,没空也要想办法挤时间去打。有一天,宰相姚崇来请示任用干部的事情,李隆基就懒得理他,不理他的理由是:"你宰相就不应该把这么细碎的事情拿来烦我,什么事情都要我处理,那我还要你宰相干什么?"这说明,李隆基早就知道皇帝只要抓大事就可以了,不必事无巨细都要躬亲的。但这个羯鼓不一样,"这是我的最爱。我有这样的特长,为什么不发挥出来呢?"皇帝就这么任性!

我在清朝余怀的笔记《板桥杂记》中,还读到一则《教坊梨园》,写到了李隆基的这种音乐爱好。李隆基基本上就是一位优秀的音乐学教授,既知音律,又酷爱法曲(道观所奏之曲),《霓裳羽衣曲》就是法曲经典,他还选三百极漂亮女学生,在梨园亲自授课。

不幸的是,唐朝无与伦比的美好时代,就这样被他给打坏掉了。

喜欢羯鼓无罪,喜欢音乐无罪,但谁让他是皇帝呢?

4

说到李隆基的音乐才能，话题一下子多了起来。

他堪称唐朝第一音乐天才，动手能力极强。骊山有鸟名叫阿滥堆，叫声好听，他就将它的声音谱成曲，直接取名《阿滥堆》，左右皆能传唱。"至今风俗骊山下，村笛犹吹阿滥堆"（唐张祜诗）。

所以，李隆基皇帝做得六七分，音乐才能却有十分。不但鼓打得棒，戏曲学院院长做得称职，而且花脸也唱得好。这些还充分体现在对马的培养上，他能指挥人将一匹匹野性十足的马，训练成中规中矩的，听着音乐立即起舞的表演马。

855年，唐朝作家郑处诲的笔记《明皇杂录》里就有对舞马的生动描写。

从各地精选出来的400匹良种马，被送进了宫中，还有塞外各少数民族首领进贡来的，品质都是一流。这些马来源杂，数量虽少，但全是行业拔尖级的。

这基本上就是一个超大型的舞马文工团了，这个团里，马是主角，人是配角，一切以马为中心。

每一匹马，都取有名字，靓仔、伟哥、帅小伙，全是好听的，某某宠儿、某某骄子，宝贵得很。训练时，分成左右两队，各有指挥。随着旗帜的舞动，音乐的节奏，马们开始做起了简单的动作，由混乱到整齐，由简单到复杂，等练到整齐划一时，场面就显得十分宏大。

李隆基将自己的生日八月初五这一天，定为千秋节，呵呵，做梦都想千秋万代。节日那天，唐都长安，勤政楼前，文武百官和长安的百姓，都可以观看这场盛大的歌舞表演，人们似乎更期待马们的精彩表演。

舞马就这样出现在人们面前：它们身上披着鲜艳的锦绣衣服，鬃鬣也用金银装饰，还要再配上一些珠玉小挂件，盛装赛过唐朝舞娘。

年轻，身材标致，穿着淡黄色衣服，系着有花纹的玉带的一队乐手欢快上场，著名宫廷音乐《倾杯乐》响起，马们的表演开幕。

岔开一下。《倾杯乐》谁作的曲？难道仅仅是喝酒时的表演？喝酒都需要满杯大杯拎壶冲？喝酒喝得杯子都翻倒了？不管怎样，这样的音乐节奏，一定是强烈而欢快的，犹如现代劲爆迪斯科。

400匹马，左右两列，昂首翘尾，踏着喜洋洋的节拍，绕着全场致意一圈。随着挥舞的旗帜,前后左右,马们不断变换着造型,俨然人的舞蹈。大唐山河,气象万千,物丰民富,安居乐业,哈哈,唐朝皇帝要的就是这种正能量传播!

忽然,中间精彩动作夺人眼球:

场地中央,三层板床抬上,一勇士骑着马快速跃上板床,在窄窄的板床上旋转如飞,东西南北中,勇士和马频频向人们致意;

一壮汉举起一张板床,蹲地,站稳,一匹马迅速跃上板床,在窄窄的板床上振首嘶鸣,东西南北中,如痴如醉。

整场表演有数个小时,几十个章节,集体舞蹈,自选花样,舞马们各显神通,唐人们尽情地饱着眼福。

安禄山也喜欢看这样的表演,但是不过瘾,看着看着,就想干自己的大事了,凭什么我要给杨贵妃当干儿子啊,老子骗你们呢。

安禄山的倒唐运动,轰轰烈烈,沉湎于酒色音乐中的李隆基,自然一下无法应付,只有往天府之国跑去了。舞马文工团,那些很有表演天赋的马们,也都失业离散。没有人欣赏,职业优越感迅速消失。

在范阳,安禄山的部将田承嗣,从安那里得到了一匹失散的舞马,当然,他只是看着马的外表好看,就将它补进战马的序列,放养在马棚里。

有一天,田大将举行军中宴会,犒赏士兵。音乐一响起,那舞马就情不自禁地舞动起来。养马人一看,呀呀,不得了,妖孽,马还会跳舞,显然不是好征兆,说不定要出什么乱子呢。于是就拿着鞭子抽打舞马。鞭子打在舞马的身上,马以为自己表演出什么差错了,是不是跳得不合节拍啊?是不是没有穿华丽的表演服啊?总之,舞马更加卖力地跳着,精神十足,抑扬顿挫。

见到这样的场景,养马的小官也不敢怠慢,急忙向田大将报告。田大将认为,马跳个舞,没什么大不了的,用鞭子抽打就是了。鞭打得越来越重,舞马却跳得越来越认真,它跳得越好,打得越重,最后,舞马被打死在马槽下面。

其实,现场也有人知道,这极有可能就是宫中流落出来的舞马,但是,他们都怕田大将的残暴。唉,多一事不如少一事,舞马,打死了就打死了吧。

一匹会跳舞的马,一匹有极高表演天赋的舞马,就这样死在唐朝地方军阀的鞭子之下了。

李隆基宫廷里的舞马,只是马成长发展史上的一个标点顿号而已,却终究成了悲剧。依我看来,这悲剧在于,有才但不为别人所知,而且在不适合的场合显现才能,反而被认为是妖孽。说轻点,是舞马和军队的气场不对,信息沟通有欠缺,牛头不对马嘴,对牛弹琴;说重点,马不去劳作,不去打仗,光会花架子的表演,以军事为重的大将当然不需要你了!

不过,我们是不能苛求舞马的,因为"霓裳法曲浑抛却,独自花间扫玉阶"(王建《旧宫人》),那些昔日表演《霓裳羽衣曲》的宫妓们,也都成了扫地的杂役,何况马呢?

5

李隆基几乎是用音乐在全方位治国呀,自然,他对自己灵光闪现的月宫调《霓裳》曲,一定视为得意之作,它也确实是旷世之作,于是,全体唐朝人民都膜拜。

《霓裳》曲,始于开元,盛于天宝。

除太常署、教坊外,李隆基还专门成立梨园,在梨园中又特别成立法部,教习法曲,《霓裳羽衣曲》就是法部最有代表性的曲目。

还有,《新唐书·礼乐志》记载:"梨园法部,更置小部音声三十馀人。"换现代话说，这个部就是童声合唱团，由15岁以下的少年歌手组成。唐朝的专门音乐机构，都要演出《霓裳羽衣曲》，这样的宣传攻势，使《霓裳》得到了迅速普及。

于是，盛唐大国，霓裳翩翩。

白乐天是《霓裳》的研究专家，他在多首诗中写到此曲。又数次应邀入宫，近距离欣赏，体会最深，"就中最爱霓裳舞"。他的七言长诗《霓裳羽衣歌（和微之）》，从《霓裳》的组成部分、舞姿、服装表演、节奏变化等，都做了极为细致的描写。

诗人眼里，《霓裳》全曲分为三大部分：

散序六段。"散序六奏未动衣"，这六段，没有歌舞，只是器乐演奏部分，相当于开场曲。曲调舒缓优美，"磬箫筝笛递相搀"，打击乐、吹奏乐、弹拨乐，次第发声，节奏自由，类似现代轻松的爵士乐。

中序十八段。"中序擘騞初入拍，秋竹竿裂春冰坼。"散序之后，开始起舞，讲述一个长长的月宫故事，所有的意境，也都要塑造成神话中的月宫，祥云漫漫，水袖绕撩，让人神痴意迷。

入破十二段。"繁音急节十二遍，跳珠撼玉何铿铮！"似乎从沉醉中醒来，音乐渐渐转入急促，节奏加快，舞姿奔放，循环往复，极尽酣畅。十一段后，又突然收住，曲末渐慢至散，长引一声结束。

至于《霓裳》曲的节奏，那是相当舒缓，慢板中之慢板。有多慢？"出郭已行十五里，唯消一曲慢霓裳。"（白居易《早发赴洞庭舟中作》）路都走出十五里了，《霓裳》曲才刚刚演奏完。我用"乐动力"计步，比较快的速度是每10分钟一公里，那至少也得75分钟，我健身，速度不慢。难道是夸张？没必要，要夸怎么也得三日三秋的。

杨贵妃的贡献也不小，她将《霓裳》曲改编成了《霓裳舞》。他们两个神仙眷侣，在音乐方面的默契，这里不展开说了。总之，舞和曲一样都极有名，重要场合，常常是曲舞联合表演。

唐宪宗时，《霓裳》仍然很红，但是，黄巢农民起义后，它就沉寂了。"答云七县十万户，无人知有《霓裳舞》。"（白居易《霓裳羽衣歌》）

白乐天被贬江州，做了小小的司马，他在浔阳江边送客的当晚，听到了琵琶女的演奏，该女来自皇家音乐机构，且又是专业出身，自然《霓裳》《六幺》这样的大曲，应该是必修课。加上琵琶女自身的经历，犹如作家丰富的生活实践，难怪，她会将这些大曲演绎得如此完美。

白乐天的大曲情结一直浓郁。

他做杭州太守时，业余时间还教官妓练习霓裳舞曲，"墙西明月水东亭，一曲霓裳按小伶。不敢邀君无别意，弦生管涩未堪听。"（白居易《答苏庶子月夜闻家僮奏乐见赠》），"两瓶箸下新开得，一曲霓裳初教成。"（白居易《湖上招客送春泛舟》）。这得有多大的兴趣爱好，才能坚持下去呀。音乐就是生活，美好的音乐，能让人的精神丰富而充实。

即便整个大唐国势在不断往坡下走，国家主要领导还是念念不忘《霓裳》大曲，欲借此重振国运。一个显著例证是好几次的科举考试都曾以此为题。

五代王定保的笔记《唐摭言》卷十五有记："开成二年，高侍郎锴主文，恩赐诗题曰《霓裳羽衣曲》。三年，复前诗题为赋题。"

又考诗，又考赋，国家策略，生生要将《霓裳》的种子，种进全国读书人的心里，并深深渗透进唐人的社会生活之中。

政府倡导，民间喜好，大曲的种子得以不断延续，并丰富发展。

一直到五代十国和宋代，《霓裳》仍然在小范围内流行，在宫廷或者一些高级的聚会场所，经常作为特别重要的节目演出。

南唐后主李煜，音乐奇才，凭着自己的音乐天赋，复原了失传200多年的《霓裳羽衣曲》，堪称中国古代音乐史奇迹。

宋代张唐英的笔记《蜀梼杌》卷上中，还记载了一场小型音乐会："王衍，字化源。五年三月上巳，宴怡神亭，妇女杂坐，夜分而罢。衍自执板唱《霓裳羽衣》及《后庭花》《思越人》曲。"

王衍是前蜀国的国主，他举行宴会，亲自执板唱《霓裳》。看来，兴趣爱好像李隆基那样的，也不是绝无仅有。

南宋周密的笔记《齐东野语》卷十中，记载了《霓裳》舞在宫廷里演出的情况："《霓裳》一曲共三十六段。尝闻紫霞翁云，幼日随其祖郡王曲宴禁中，太后令内人歌之，凡用三十人，每番十人奏，音极高妙。"

这里说到了大曲的乐节。紫霞翁尽管年纪小，但小时候记性也好，观看到的《霓裳》曲和舞，仍然记得很清楚："三十六段，融歌、舞、器乐演奏为一体，和白乐天的诗暗合。"

南宋丙午年（1186年）间，著名词人姜夔，旅居长沙，在乐工的旧书中，偶然发现了《商调霓裳曲》的乐谱18段。他还颇有兴致地为"中序"填了一首词，《霓裳中序第一》，连同乐谱一起，被保留了下来。

清代王国维的《唐宋大曲考》中，对大曲有详考，许多大曲舞都是循环往复，要一遍又一遍地跳，每一遍都有不同的调，跳得也不尽相同。《破阵乐》要跳52遍，《庆元乐》跳七遍，《上元舞》跳29遍。

呵，讲一个道教的神仙故事，云里雾里，总要身临其境回肠荡气才好，否则，怎么叫大曲呢？

6

宋代国家四分五裂，文化却超级发达。大曲的种子仍然顽强延绵，因为它有良好的音乐环境。

举一个例子。

在《梦溪笔谈》的同一卷中，沈括还向我们描绘了寇准的另一种形象，他也擅长舞蹈。

寇准，封号莱国公，喜好《柘枝》舞。

其实，《柘枝》舞也很有名，也算宋代大曲了，宋代官场上官妓常舞。"柘枝舞本北魏拓跋之名，后则易而为柘枝也。"（宋代温革《琐碎录》）看来，此舞历史非常悠久了。

寇准与客人聚会时，一定要跳个痛快，每跳一次，一定是一整天，当时的人们都称他是"柘枝颠"。沈括采访到，凤翔有一个老尼姑，就是寇准当年的柘枝伎，她说："当时的《柘枝》曲还有几十遍，今日所舞的《柘枝》和当时相比，遍数不到十分之二三。"

这是一个官员的典型业余爱好。记载虽然简单，但可以读出许多内容。

宋朝官员的生活很富足。有大量的冗余官员，官员生活大多奢侈，这种风气一直带到南宋的杭州城。据说，当时杭州城里有澡堂3000多所，人口百余万，是个世界级的大型城市。在这样的风气中，官员有些自己的爱好是不奇怪的，即便像寇准这样的高级官员，有个人爱好，也非特例。

因为空闲，因为富足，所以才有时间去学舞。

跳《柘枝》舞，应该是有一些难度的，官员能够显摆他能力的是，越是难的东西他越是出色。也许是天分，他对这种舞蹈的感觉特别好，这个《柘枝》舞完整地跳完要几十遍，那么，可以想见，酒足饭饱的时候，在众人羡慕的眼光和掌声中，他会越跳越起劲，一遍又一遍，感觉越来越好。

"颠"就是"痴"，技巧一定是精湛的，否则人们不会送上这样的称呼，要知道，寇大人可是一位重量级的官员呢。

沈括只是事实记叙，并没有任何的褒贬。我觉得，以寇大人的声望，他的这点爱好理所应当，应该允许官员有爱好嘛。

舞蹈绝对可以修身养性，不仅能锻炼身体，更是一种情趣。要知道，我可是利用业余时间学的噢，这是正当的娱乐活动，凡是正当的娱乐活动，我们都要支持，官员带头也是应该的。

你说我一玩儿一整天？哎，双休日，懂不懂，这是我私人的自由时间，可以自由支配的。最高领导还有自由空间呢！

我会跳舞，你们不要看得太复杂了，这和苏东坡会写诗作词作画，道理是一样一样的，只不过他的爱好比较阳春，比较白雪，我的爱好比较下里，比较巴人嘛！

可以想象的是，暖风熏得官员醉，夜夜笙歌日日舞，天子呼来不上朝。美好的大宋王朝啊！

7

再简单说一下《六幺》。"初为《霓裳》后《六幺》"，《六幺》也是唐代大曲中流传极广的一首。

白乐天的《琵琶行》中，琵琶手演奏，白乐天描写，并没有分开。想来，它只是调名不同，表达的内容却差不多，美妙度也是一样的，但《六幺》也是鼎鼎大名。

许多资料都指证，《六幺》原来叫《绿腰》，再早叫《录要》，在唐代就有歌、大曲、器乐曲、软舞曲以及词调《六幺令》等不同的音乐形态。

宋代吴处厚的笔记《青箱杂记》卷八有：

> 曲有《录要》者，录《霓裳羽衣曲》之要拍，即《唐书·吐蕃传》所谓《凉州》《胡谓》《录要》、杂曲，而今世语讹谓之"绿腰"。

这也就是说，《六幺》源出《霓裳》，是简明版。

唐代段安节的《乐府杂录》中有"琵琶"一节，写了以《六幺》为主题斗乐的故事，非常有趣。

贞元年间,长安大旱,皇帝下诏,在南市举行祈雨仪式。仪式隆重而热烈,从南市一直到天门街,百姓的娱乐活动热闹非常。街东有个叫康昆仑的乐手,琵琶弹得最好,他们认为康无敌,请他登上彩楼,弹一曲《新翻羽调绿腰》。见此情景,街西也建一楼,街东人大为不屑,认为琵琶高手在他们那呢。有天,康昆仑又登东楼演奏了,这时,西楼上出现一抱着琵琶的女郎,女郎对康昆仑说:"我亦弹您这首曲子,请您指正。"女郎一出手,声如雷,妙入神。康一下惊倒,急忙拜师。女郎更衣出见,原来是个僧人,他是西街富豪花大价钱从庄严寺中请来的,僧人姓段,专门来和街东斗乐的。

这样的音乐盛事,立即惊动了朝廷。第二天,德宗召见他们,让他们各自施展琵琶绝技,并要求段僧收康昆仑为徒。段大师要求康:"你再弹一曲我听听。"康弹完一曲,段大师责问:"你的琴声,不正呀,怎么夹杂着邪气?"康学生再次倾倒:"段师神人啊,我少年初学艺,曾经和邻居的女巫祝学过,她教我《一品经调》,后来,我换了好多任老师,师法混乱。"段大师发话了:"你如果要和我学,必须不碰乐器十年,忘掉原来的东西,然后我才可以教你!"

这场拜师,当着皇帝的面进行,德宗特地下令:"康昆仑,你就好好拜师吧。"

后来,康昆仑果然学到了段大师的好技艺。

大唐人民能将祈雨都过成音乐节,朝廷对音乐又如此重视,足见《六幺》曲的影响之大。

《韩熙载夜宴图》,中国古代一幅著名的画,五代画家顾闳中所作,画中《六幺》舞蹈,神态逼真。

这幅画的来历,充满了喜剧的味道。

南唐后主李煜不放心中书舍人韩熙载,这老韩,家里常常宾客云集,不会是搞小团体吧。今晚又有人报告,他家要举行大规模聚会。那什么,小顾、小周(文矩),你俩晚上潜入韩家,明天向我报告具体情况,我实在不放心。

小顾、小周都是画家,他们索性将场面画了下来。据他们仔细观察,参加宴会的人员有新科状元、太常博士、教坊副使、走红的歌女舞女,觥筹交错,气氛热烈,通宵达旦。

顾画将这场著名的宴会分为五个场景。第一场景,琵琶独奏。虽然没有指名弹奏的曲名,我很自然地将其想象成《霓裳》曲,在这样高规格的场合,在这样美好的夜晚,还有什么理由不弹第一大曲呢?第二场景,《六幺》独舞。舞女王屋山,长衣窄袖,扭腰回眸,男女宾客皆拍手击掌。看,老韩还兴致勃勃亲自打鼓伴奏呢。

《六幺》如同《霓裳》，到宋代也一直在流传，但形态有了新变化，调式有所增加，最主要是规模大大缩减，常使用"摘遍"的形式。唐大曲多至数十遍，宋代往往根据场景，按需所取，各自裁截，有的时候，只演出大曲中自"入破"到"杀衮"的一段，称"曲破"。

宋代王灼的笔记《碧鸡漫志》卷三例证：

> 后世就大曲制词者，类从简省，而管弦家又不肯从首至尾吹弹，甚者学不能尽……世所行《伊州》《胡渭州》《六幺》，皆非大遍全曲。

南宋周密的笔记《武林旧事》卷一里，记载了天圣基节皇帝观看的排当乐次：

> 天圣基节排当乐次正月五日……再坐第一盏，觱篥起《庆芳春慢》，杨茂……第七盏，鼓笛曲《拜舞六幺》……第十五盏，诸部合夷则羽《六幺》。

在整场演出中，阵容豪华，演员众多，乐手繁多，一盏又一盏。在第二环节，《六幺》舞出现了两次。

《六幺》就是《霓裳》的《录要》，虽然不是循环往复，但李隆基身临其境的那种仙境，亦梦亦幻，实在美妙！暂时忘掉所有的一切，什么收复中原，那都是奢望，过好一天是一天，今朝有舞今朝舞！

8

时光的长河流，跨过元，跨过明，一会儿就到了清。

这里要说一个我的偶像，杭州人洪昇，他在《长生殿》里，让《霓裳羽衣曲》又一次生动地飞扬。

我迷洪昇，说来话长，得从我妈那儿说起。

我妈喜欢唱黄梅戏，在她还是如花似玉年纪的时候，老师告诉她，她不仅可以演七仙女，还可以演杨贵妃的。只是20世纪60年代，七仙女是劳动人民，杨贵妃是王公贵族。我妈每每说到这一段的时候，总是眉飞色舞，两眼发亮，我似乎看到了一个热爱戏曲的可爱清纯少女，对杨贵妃的渴望。

在我妈不断的念叨中，我也对杨贵妃向往起来了。我在想,这个唐朝美女是怎样的风情万种,怎样和唐明皇卿卿我我,恩爱到死,死了都要爱。不过呢,那时,我们村里的人们只知道《贵妃醉酒》,不太会知道《长生殿》。当然,编剧洪昇更不知道了,就如现在人们看影视,只关注演员,不太会关注编剧一样。

1980年10月的某天,我钻进小树林中的浙江师范学院古籍图书馆,对一位中年管理员怯怯地说道:"我想找,洪昇,《长生殿》。"

管理员朝我看了看,微笑转身,拿着一本沾着点灰尘的旧书:"喏,给你,登记一下,小伙子,中文系的吧。"

我还是羞答答的样子:"嗯。"

心里默念过许多回,这是我和洪昇真正开始的亲密接触。

他自己都说了,填词40种,一生精力都在《长生殿》。从《沉香亭》到《舞霓裳》,再到《长生殿》,十年磨一剑,剑出手,戏剧江湖风振雷动。看看,第二稿,他简直就想以《霓裳》直接命名剧本。

洪昇带着我,朦朦胧胧进入了《长生殿》:唐明皇欢好霓裳宴,杨贵妃魂断渔阳变。鸿都客引会广寒宫,织女星盟证长生殿。

我如饿狮般扑向杨贵妃。定情,春睡,禊游,幸恩,闻乐,制谱,进果,舞盘,窥浴,密誓。呵呵,真个是风流天子,好有情调,还窥浴。

唐明皇我是鄙视的,天子风流国家遭殃,他西逃,陷关,惊变,埋玉。贵妃死了,他的日子怎么过呢?冥追,骂贼,情悔,哭像,神诉,雨梦,觅魂,补恨,重圆。国事小,情事大,一切的一切,都为了一个情字。

1984年9月,我在浙江桐庐的一所高中教语文。讲关汉卿的《窦娥冤》时,讲着讲着,一下子就绕到了《长生殿》,信口讲洪昇,杭州人洪昇。讲完了再自顾自感叹一回,人世间帝王还有这般的爱情,纵然生前不能爱,求神告佛,到天堂里再相会。其实,那时我还没有谈恋爱,只是纸上谈兵,那些学生呢,刚上高中,虽然青春粗野暴动,表现直接,但估计也没比我懂多少。不过,他们都对洪昇很崇拜,因为老师都这么崇拜嘛。

杭州西溪,洪昇纪念馆,一个立体的洪昇站在我面前。

有三个"月"的造型非常特别。洪昇像的背景,以新月、半月和满月烘托,解说员这样动情讲解:"这是苏轼词'月有阴晴圆缺,人有悲欢离合'之寓意,暗喻洪昇跌宕起伏的一生。"

是的，洪昇的一辈子，虽然声名大噪，但绝对是悲欢离合的一生。

1677年的冬天，他拖着一家数口投奔好朋友，武康县教育局局长郑在宜来了。洪昇看到的武康，虽离杭州不远，却只是荒凉肃杀的街市。孤城只似村，附郭百家存。且人烟稀少，还不时有猛虎出入。不过，这里有许多好朋友，没有大鱼大肉，饭可以饱，茶可以足，吟诗唱和，遍游武康，日子倒也潇洒。这一待，一直待到第二年的初秋。

2015年6月4日，浙江德清，余英溪畔。一个微风晴朗的下午，空气中弥漫着栀子花的浓香，我和洪昇，又一次相遇了。

这一次，真真切切，场景翻回到了300多年前的某天。我问洪大作家两个问题，这问题，数十年来一直在我心中萦绕。

我问："您的《沉香亭》初稿，是在武康完成的吗？"

洪答："可以这么算。我在《长生殿》的序言里这样说：'忆与严十定隅坐皋园，谈及开元、天宝间事，偶感李白之遇，作《沉香亭》传奇。'事实上，那天谈唐朝旧事，只是灵感的激发而已，它需要长久地酝酿。我在武康期间，心情愉快，每天读书研究，积累了不少资料。可以这么说，《沉香亭》的许多基础工作,都在武康完成。"

我接着问:"您为什么拿《霓裳羽衣曲》作主线,安排剧情呢?"

洪答:"你读过唐朝李肇的《唐国史补》吧,里面有一则写杨贵妃影响力的笔记:马嵬坡驿站,在佛堂前的一棵梨树下,杨玉环用高力士给的一根绳子自行了断。驿站里有个老妇人,极有眼光,收得贵妃锦袜一只。住店的客人,想要看一下这只袜子,必须付一百钱才行。老妇人,因此而发家致富。"

"不要小看这则素材。贵妃的袜子,很多人都想一睹:贵妃的玉脚有多大?贵妃到底有多妩媚?唐明皇会替贵妃亲自穿袜吗?这只锦袜是哪里生产的?有着什么样的工艺?客人们太好奇,有的也许仅仅是想闻闻,有没有贵妃的体味呢。她的神秘,兴许能通过一只袜子探出大概,不为别的,就是好奇心重。'环粉'们连一只袜子都这么追,难怪唐明皇念念不忘呢!"

"长生殿,一句话解释,李隆基生生死死都要和杨玉环在一起,天上人间都要和她一起唱《霓裳》舞《霓裳》!"

"所以,我在50出剧中,20出都用到《霓裳羽衣曲》,《霓裳》贯穿全剧。《霓裳》不仅仅是舞曲和舞蹈了,更是李隆基和杨玉环爱情故事的代称,'长恨'化为'长生',李杨的情感,在天上成了永恒。"

"嗯,嗯,谢谢洪大师。"

《长生殿》大红大紫后,洪大作家似乎有点得意忘形了,跑东颠西,参加各种戏剧节的开幕式,各种剧组摄制启动仪式,节奏也不控制一下。唉,那晚,在乌镇,他不该喝那么多的酒,运河水,就这么吞没了他!

清冷的运河水,会载着他去遥远的银河,拜见霓裳月宫里的唐明皇和杨贵妃吗?

9

2016年10月30日,我去浙江松阳县,松阳作协主席鲁晓敏和当地作家鬼鬼,陪我爬卯山,拜望唐朝著名道人叶法善。卯山脚下,是叶的出生地,也是去世后归葬的地方。

叶法善(616—720),他活了105岁,是和张天师齐名的中国著名道士。

在卯山腰,有一座永宁观,观里供奉着叶法善的塑像。四周有壁画,第一幅就是"伴君游月"。

这是一个仙乐伴奏的宴会场面。

月圆形的画面上，唐明皇、叶法善、五位仙女，都踩在五色祥云上。一张矮地宽大茶几，上有各类仙果、杯盅、青花壶酒瓶，一仙女双手还端着一大盆仙果。唐明皇身着明黄亮丽龙袍，右手捏着酒杯，左手打开一个笏板，似乎在阅读乐谱。叶法师着鲜红道袍，拍打着双手，似乎是在打节拍；一仙女抱着大琵琶，正轻拢慢捻，三仙女围绕着唐明皇，左右伴着舞，飞舞起的水袖和祥云互为云彩。

这个场面，大约就是唐代野史和宋代诸多笔记描述的《霓裳羽衣曲》来历的经典画面了。

基于李隆基的音乐天才，又因为他是个虔诚的道教徒，我情愿将《霓裳羽衣曲》的来历，看作是一场天才型的创作，这是一次灵感大爆发。

李唐王朝，崇老喜仙，热衷于求神仙，迷信老子。

对于取得皇位而又没有皇家正统的朝代来说，他们第一个想到的是名正言顺，即我们来掌管这个天下是上天注定的。于是，千方百计地找关系。唐皇帝就将姓李的老子当作自己的祖先了，因为李聃的名气大啊，足够向民众炫耀，于是将老子的父亲封为先天太皇。开元开得好好的，李隆基却将年号改为

"天宝"。其实，老子父亲是什么人，在什么时代，历史上根本没有记载，而且，李唐的先世本是陇西的少数民族，根本不像商周两代的祖先有世系可以考察的。

有了如此深厚的思想基础，再加上叶法善深得信任，李隆基被引入月宫听到天曲，也就不奇怪了。

当然是在梦中，大唐豪华的宫殿里，唐明皇经常做着白日梦。

我们登上卯山顶，这里是千年道观通天观的遗址。

观破墙基在，卯山草木深。遗址一片废墟，乱石、蓬蒿、杂树、藤蔓缠绕。几百平方米的山岗，千年道观的屋基，石生青苔，有的还有半人高。山岗中心甚至还有一口井，探头望，深幽然，井中有水，在强光的照射下，看上去黑黑的。鲁晓敏说，通天观原是一座香火极旺的千年道观，不知毁于什么朝代，从现场的遗迹观察，颓废的年份已经很久了。

不难想象通天观当年的盛景，道事繁荣，仙乐飘荡，《霓裳羽衣曲》一定是主题，因为它连着唐明皇，连着叶天师。

叶法善活到105岁，在人均寿命30几岁的唐朝，是个奇迹，人中祥瑞。

据当地传说，李隆基对叶天师的丧事，相当重视，命令唐朝有关机构，千里扶灵回松阳。

卯山还有一块大碑，"叶尊师碑"，这是叶法善大大荣光的标记，碑文由唐玄宗亲自撰写，太子撰写碑额。原碑早就遗失，我在碑前，仔细察看新碑，此碑由杭州著名书法家蔡云超先生书写，棱角刚正，遒劲有力。

蔡先生我熟，他擅碑文书写。他告诉我，这个碑，他写了两块，一块在松阳，一块在武义。武义和松阳接壤，叶法善也在那修过道，括苍山，树高深幽，云雾缭绕，山峦连绵，确实是个修道的好地方。

2016年，叶法善已经1400岁，松阳当地正以各种方式纪念着他。

10

文化的基因，生存总是极其顽强，如杂草，只要有些许阳光雨露，它就会茁壮成长。

叶天师虽久居长安，也常衣锦还乡，90几岁回松阳时，他舍宅为观，取名淳和观，唐玄宗赐名并题写"淳和仙府"，且赐戏台一座。

自然，长安城里梨园的节目，也一定要带回来，不是有这么精致的戏台吗？《月宫调》那也是必须传授的，而且要作为道教乐曲的经典，这是恩宠和荣耀。

2007年11月，我们的报纸，报道了这样的文化新闻：

多年来流传的《月宫调》，松阳人说很可能就是神秘的《霓裳羽衣曲》。

演奏《月宫调》至少得七人，两人吹笛，两人拉二胡，另外鼓、锣、板各一人。演奏时，锣鼓在前，丝竹乐器在两边或者后面，打竹板的在中间。演奏全曲需要六七分钟。乐队队员说："我们这里迎太保、搞庙会，都要演奏这个曲子，也不知传了多少年了。"

可以肯定，这并不是《霓裳羽衣曲》的全部，或者真本，但一定有它的遗传因子，因为松阳有叶法善。

还有让我惊奇的。

这个偏僻的深山县，至今有一种高腔在传唱，松阳高腔，被赞为戏剧的活化石。唱词无定格，曲牌连缀，音乐节奏却自由、高亢、绵长，带着浓浓的唐代法曲腔调。

我采访过松阳高腔的两位研究者，他们是松阳县高腔研究会的主席刘建超，以及浙江丽水学院的音乐学副教授王建武。

据他们的研究，松阳高腔的音乐形式是对道教音乐的糅合，最主要的原因就是，道士布道，在很多庄严场合都要用法曲，另外，松阳高腔的数代艺人，基本都是道士出身。当然，祖宗就是叶法善。

松阳高腔的嫡系传承人吴永明，被称为"松阳高腔梅兰芳"，我们有过一次简单的网上交流。

我问："您是怎么喜欢上松阳高腔的？"

吴答："我是传承，从小就喜欢。我父亲吴陈俊，可以演绎高腔所有的角色，我们口传心授。20世纪80年代末，我在部队的文艺汇演中，就演出过松阳高腔的折子戏。"

我问："松阳高腔的代表剧目有哪些？"

吴答："经过近几十年的挖掘，我们已经整理出40多个传统剧目，比如《夫人戏》《耕历山》《白兔记》《买水记》《合珠记》等。"

我问："这些剧目中，有明显的《霓裳羽衣曲》痕迹吗？"

吴答："《夫人戏》就是道教戏，主题音乐都由法曲构成。《贺太平》中的砍柴调，我认为和《月宫调》十分相似。"

身为中国音乐家协会会员的刘建超也非常肯定："松阳高

腔中的《渔家乐》，和《霓裳羽衣曲》的相似度在百分之八十以上，许多唱腔中的骨干音，还有很浓的《月宫调》痕迹。"

2014年12月，吴永明随浙江代表团访问新加坡、印度等国，在新加坡的香格里拉大酒店，演出了《白兔记》中的一折《马房招亲》，一曲松阳高腔，生生惊及国外。

回望630年，日本的舒明天皇就派出了第一批遣唐使，此后的260多年间，奈良时代和平安时代的日本朝廷，一共派出了19批次的遣唐使者。其中的使者，一定有乐师之类的音乐人才。

音乐无国界，不难想象，当这些遣唐使听到《霓裳》《六幺》一类的大曲时，极有可能足之蹈之，从而将唐朝的文明远播东洋。

11

白乐天让我们记住了技艺高超的琵琶女，琵琶女带我们领略了唐朝大曲的无限神韵。白乐天用文学表现了音乐，琵琶女用琴声表现了文学。诗就是琴声，琴声就是诗，《琵琶行》和琵琶女，构成了中国古典文学史上一座伟大的丰碑。

琵琶溅起的声光碎影里,唐明皇忘情击拍,杨贵妃婀娜弄舞,众臣们整齐合掌,好一个大唐太平盛世。

渔阳鼙鼓动地来,惊破霓裳羽衣曲。

长恨,长恨。

然而,千百年来《霓裳》的旋律一直撩拨人心。无论多么辉煌的物质文明,都会随尘而湮灭,但大曲的精神内核,却百世流芳。

初为《霓裳》后《六幺》。

《霓裳》的种子,在中国,在松阳,在广袤而绵长的千年时空里,活跃而勃发。

在西沙

与西沙群岛的一次亲密接触,使我更加懂得,必须谦逊地将自身的生活与愿望,置于更大的宽广中。这种宽广,是理解一切生命的基础。

望西沙

去西沙前,我一直在想朱棣,他为什么要派郑和下西洋?

要是当初,朱元璋不听翰林学士刘三吾的建议,就不会有后来的"靖难之役",可朱皇帝耳朵软了下,还是让长孙朱允炆继了位。要是小朱不去削什么藩,那么,朱棣就没有理由造他侄子的反。

可是,历史没有假设,朱棣发动了一场惊天动地的战争,最终做了永乐皇帝。侄子活不见人，死不见尸，成了朱棣最大的心病。

在某次朝会上，朱棣发表了慷慨激昂的演讲，主旨就是，实行改革开放，通商海外，建设一个强盛的大明王朝！演讲显然精心准备，因为一个理由就打动了全体"高级干部"：大唐为什么有这么多的遣唐使来学习？宋朝的广州、泉州等港口，外国船只如南海里的鱼那样云集，皇家仓库里，各国的贡品都长毛了！南宋的进出口关税，占国家财政的三分之一以上！

一切筹备停当，永乐三年（1405年），朱棣的心腹，太监郑和，怀揣朱棣的明令和暗令，带着大型联合船队，开始了西洋之旅。

对于这次航行的目的，众说纷纭，不过，明暗两令，都言之有理：

明令。诏书上写得明明白白：扬我天朝国威，让四方蛮夷归服。

暗令。《明史·郑和传》上似乎写得很明白："成祖疑惠帝亡海外，欲踪迹之。"就是说，事变之后，小朱皇帝国内遍寻不着，是不是跑到海外去了？红色追捕，跑到海外也要找到他！

集两种目的于此行，郑和下西洋，就有了最好的理由。

郑和一路鼓帆南行，一路留下标记，为纪念永乐的先锋队、大明的探索者，在南海诸岛的活动，1947年西沙群岛西边的一组岛屿被叫做"永乐群岛"。印度西海岸的古里，郑和第一次下西洋到达过那里，石碑的铭文上刻着：其国去中国十万余里，民物咸若，熙皞同风，刻石于兹，永昭万世！

我盯着中国地图，试图找出郑和航行的线路图。虽不太清晰，但大方向我是知道的，右边转了个弧弯，然后，向南直下。船队从苏州刘家港出发，沿东海，出南海，再往沿海各国。我不关心三宝太监郑和到过的几十个国家，我只关心船队要经过的南海，经过我要去的西沙，那里是他们出洋的必经之地。

中国南海，有西沙群岛、南沙群岛、中沙群岛等岛屿，星集，拱卫着大中华。岛面虽在远方的海洋，岛根却和大陆紧紧相连，先民们如奋飞的海鸟，常常候季而至。2012年，中国最年轻的市，三沙市（属海南省）成立，它是位于中国最南、陆地面积最小、海洋面积最大及人口最少的地级市，南海明珠，三沙市如明星般升起。

三沙，世界为之瞩目，众人向往。

宋绍圣元年（1094年），已经62岁的苏轼，"一贬琼海至北门"，北门就在海南岛的儋州，北门江畔。

十几年前，我到过三亚的天涯海角。我想，这大约就是天的尽头了。那些大礁石，在海边孤零零地兀自矗立，但它们并不寂寞，因为游人如织，爬上爬下，观景拍照，热闹得很。有人说，那红色的"天涯"两字，是苏轼所书，我估计是附会，儋州在西，三亚在南，越南越荒凉，两地相距差不多有六百里地，年迈的苏轼，没有高铁可坐，是无力折腾到这么远的地方的。

2017年的新曙光里，这一回，我要从三亚出发，从天的尽头，再往天的尽头，南中国海中的永乐群岛。

"南海之梦"

三亚凤凰岛，那四颗子弹头般的建筑，它们铆足了劲，似是要向天际发射。

凤凰岛码头，一艘乳白色的大船，安静地泊在正午的阳光下。这艘叫"南海之梦"的大邮轮，要载着我去西沙。

广播里出现欢快的音乐声，有点激昂，似军队检阅的那种，人们都很兴奋，开始登船了。

长长的甬道，有点夸张地铺着红色的地毯，两旁各站着一排船员，船长、大副、二副，白色衣裤笔挺，大皮鞋锃亮，大盖帽帅呆，方形檐帽也极可爱，船员们带着标准的国际微笑拍着手，嘴里说着"欢迎欢迎"。

8228，八楼，28号房，我和叶剑铭很快找到了自己的铺位。十平方米的房内，面对面两张床，窗口下有一台电视机，还有个小吧台，洗手间虽窄，但一应俱全。

站在窗口往外望，一片蓝海，三亚湾的海岸线极清晰。我想，接下来的四天三晚，这个窗就是我们在房内和外部连接的唯一视角了。窗户玻璃其实挺干净，我仍然找了块毛巾，再仔细擦了一遍，当然是为了拍照。

呜呜呜，汽笛长鸣数声，邮轮披着三亚湾落日的余晖，载着我们开始了南海之梦。

上了大船，有两件事必须要先做。

第一件，船内参观。"南海之梦"邮轮共有十层，每一层都有不同的设置，每位旅客上了船就像到了家一样。这个家，你必须尽快熟悉，事关吃喝拉撒睡，事关安全。七层是服务中心，相当于宾馆的大堂，从七层往下，一层层走，下到底部，有一个足球场般的内舱，外部有出口，用以搭建临时码头，供快艇进出，我们要从这个出口坐快艇登岛。从七层往上，十层就是甲板，甲板上是可以无限想象的极好空间。

第二件，救生演习。我脑子里不停地出现杰克和罗丝的镜头，虽然没有罗丝，我也不是杰克，"南海之梦"也不是泰坦尼克，我坚信也没有这么坏的运气，但还是要演练一下。问题来了，百分之九十的人，救生衣都穿不好，我也穿不好，虽然我穿过无数次的救生衣，但都不合格，因为从没有人指出有什么不对，这回，救生员一一纠正了我们的错误行为。你身上背的东西，比如小包包什么的，必须挂在救生衣外面，包包是外物，可以随时丢弃，救生衣却是你的命；救生衣的上下扣带，必须打死结。我问："为什么？"救生员大声喊："如果落水，海浪一冲，救生衣都散了，还救什么生？！"救生衣右上角有个小口袋，装有应急手电筒，落水里它会亮，救援人员凭亮光可以找到你。救生衣左上角还挂着一个小口哨，用以吹哨救援。排队闲着时，我拿出口哨，用力地吹了好几声。二十多年前，我当老师时，常吹口哨的，算是复习一下！

在第九层的小甲板平台上，救生员指着悬空的艇解说着："这只艇，可坐一百多人，里面储备有足够的食品和水，这样的艇，全船有四只，分别在邮轮的左右上下的位置悬挂着。"我想往里再探探，救生员说："别靠近了，紧急情况才能打开。"救生员又强调："如果登艇，必须按照儿童、老人、妇女，再男子，最后船员的顺序排队！"我们大声回答："这个我们懂！"

我们被编入第五组，每组二十人，船上的就餐和登岛活动都按组进行。每组一位管家，管家们都有外号，皆以南方特色水果命名，如荔枝、芒果、香蕉等。我们的管家叫青柠，青色的柠檬。

虽然是大船，仍然有些颠簸，感觉就像喝了些酒，微醺。窗外是茫茫的夜空，什么也看不见，索性拉上帘，早早上床。

因为靠窗，头就像枕着波涛，轻轻的，如外婆的摇篮，均匀摇动。波涛一阵阵打在邮轮坚硬的钢铁上，在涛声和发动机低鸣的交响曲中，我迷糊睡去。

鸭公之珊瑚

东经111度41分、北纬16度34分，我踏上了一座珊瑚岛，整个岛，没有一粒沙。

从航拍的效果看，这座岛，外形有点像卧在水中的鸭子，人们就谐称它为鸭公岛。岛微型，面积约0.01平方公里，却是南中国海上一个清晰的标点符号。

这个符号，是数千年来，中国人生产生活历史记录簿上的粗黑墨点。

然而，墨点是白色的。

深一脚，浅一脚，凉鞋和珊瑚挤压，发出嗞嗞的声音，似乎是踏在玻璃上，不由得轻手轻脚起来。这些珊瑚已经壮烈成遗骸，南海上空炽热的阳光，数千万年的曝晒，使它们的身体变成了乳白、蓝色、黄色，还有其他数不清的颜色。

岛的一角，我轻轻地坐在珊瑚上，仔细观察着满地的珊瑚。

大大小小，短短长长，粗粗细细，似松枝，有叉，密实的树状结构，极不规则。主干都是圆柱形，断裂的杯口，有大有小，大的像唇形，稍小也如鼻孔，分叉的枝杯口，细而小，如针尖一样。

粗粗一看都是珊瑚，渔民们叫它鹿角珊瑚、松枝鹿角、丘突鹿角、粗野鹿角，好多分类，据说有数百种。其实，鸭公岛上还有其他的贝类，最多的是砗磲壳，洁白晶莹，大的如剖开的秃瓢，浅浅的；小的如精细打磨过的挂件，任何一件，都是精美的工艺品。间或，还有各种螺的壳，红口螺的壳最多。

有人喊，登玻璃船了！

坐上小艇，艇中间隔出一个长方体，我们围着坐。长方体的底部是玻璃，大家的眼睛都盯着玻璃看，这玻璃就是船底，或者说船底是由玻璃构成的，为的是能清楚地看见海底的珊瑚。

鸭公岛四周的浅海呈一片透明状，渔民们称它为玻璃海，水深大约二十米，清澈见底。

我们坐的玻璃船，就在玻璃海上漫游。

海底就是珊瑚的世界。海底如陆地，高高低低，深深浅浅，沟壑纵横，山峦连绵，在这个海底世界里，珊瑚们在自由生长。山峦上，一棵大珊瑚，似陆上大树，粗枝叶茂，不知名的藻类与之共生。游鱼环绕，它们生活得都很安详，偶尔经过的游船，似乎没有惊动它们。

珊瑚并不是没有生命，它其实是特殊的动物，它会通过光合作用，补充自身的大部分营养，但在夜间，它们也捕食浮游生物。

我想做一条南海里的鱼，浮潜。我想再近距离观察珊瑚们的生活场景。

在一片划定的玻璃海内，我戴上泳镜，用几十秒的憋气能力，一段一段地浮潜观察。

我又有新发现。有一浅盆地，上有一巨型灌木状鹿角珊瑚群，这应该是一个家族，繁荣昌盛。中间的大珊瑚估计是族长，呈树枝状，高大威猛，它的子孙已经层层叠叠。突然，我发现这株大珊瑚的枝丫间，有几个黑影，仔细一瞧是海胆，它们在狡猾地卧着，长短不一的黑针，直指我的双眼。我不知道它们是不是已经发现了我，怕它们下黑手，我一时紧张，便在换气时大喊，救生观察员大声告诫："别碰！别碰！它们会扎你的！"

鸭公岛，或许是中国唯一的珊瑚沉积岛。

看着那些银色的石化珊瑚，想着玻璃海底的大片活珊瑚，我有些感慨。珊瑚和人类都有生生死死，那一岛的珊瑚，就让它们静静躺在那儿吧！郑和的联合舰队没有惊动过它们，我们也不要带走一粒！世界自然保护联盟，已经将珊瑚列入红色名录，保护级别：近危！

突然想起，我常吹的萨克斯《珊瑚颂》中的几句歌词："风吹来，浪打来，风吹浪打花常开。"要做一棵珊瑚，一棵花常开的南海珊瑚，必须经历风吹浪打。

如何吃一条鱼

鸭公岛浮潜，畅快地做了一回南海里的鱼。

上得岸来，我们决计要去吃一条鱼。

前一天，我在靠海的一鱼档仔细观察过，满满的两池鱼，花色品种众多，大小都有，基本叫不出名字，还有龙虾、海胆、红口螺。鱼们和龙虾，探头探脑，挤挤挨挨。一些游客在问，这一条多少钱，那一条多少钱。渔老大，壮实粗黑，中等个子，穿着一身迷彩服，南海民兵的打扮，我印象很深。一条足有十斤重的大鱼，海石斑，五百块，惊呆，我居住的城市，这样鲜活的鱼，起码五六百元一斤。边上有人感叹，这条鱼，内陆至少五六千块钱。

我记住了那条鱼。

现在，几分钟时间，我就奔到了昨天观察过的鱼档旁。

"南海民兵"依旧热情，我急着找昨天那条鱼，找寻两遍，都没有。

"南海民兵"憨厚地笑笑："我知道你看的那条鱼，昨天就卖出去了。喏，这一条也不错，比昨天的稍小了点，但品种一样！"

"多少钱?"

"三百块。"

"一条?"

"对,一条!"

买之前,我们必须弄清楚,是一斤三百块,还是一条三百块。青岛天价鱼的新闻,好像就发生在去年。

我朝徐晓杭笑笑:"我们就买这一条吧!"

晓杭找了个网兜,一边捞一边笑,鱼池里捞鱼,十拿九稳的活,快乐得很。大鱼当然要挣扎一下了,它知道一进网兜就要献身了,它的那些同伴,都是以这样的方式离去的。

网兜上的水珠,嗒嗒地跳着往珊瑚间隙钻去,我掂了掂鱼的分量,沉得很,七八斤绝对有。然而,渔民们不用秤,论条卖。

一鱼两吃。鱼身子,割成一块一块,清水煮,加些佐料,满满一盆。鱼头、鱼尾,煮汤。

我和晓杭、李国平、胡苗正、俞建新、严静,六个人,围着一张简易桌,开始期待式的品尝。

汤先尝一口,鲜!鲜!没人要求这么整齐地喊口令,大家不由自主地。想夹一块鱼肉,麻烦来了,居然夹不动,筷子戳不开，鱼肉都一块块连着呢，它们似乎不愿意分开。俞建新找来一把匕首样的刀，耐心切割，鱼皮的坚硬，让我们大出意外，它似乎比牛皮、猪皮都要坚硬。

我问："有鱼皮做的皮鞋吗？这鱼皮，绝对可以做鞋！"

众答："当然有了，你不见鲨鱼皮呀，游泳运动员身上穿的，牢固得很。"

"可这不是鲨鱼啊，和鲨鱼相比，这只是条七八斤重的小鱼呢。"

我问"南海民兵"："这鱼是网捕上来的，还是钓上来的？"

海鱼好钓，我在马来西亚的邦客岛钓过，鱼多得很。在那里，我光着脊背，卧趴在钓船上，钓到了生平中的第一条鱼，食人鱼。一周后，脊背上的皮脱了好几层，中度晒伤。

"南海民兵"仍然憨厚："是我们潜到海里，用网兜捉上来的！"

我表示不可思议。

"南海民兵"继续解释："夜里，鱼们都在休息，穿上潜水服，潜入数米深的海中，在强光照射下，鱼们似乎还在睡梦中迷糊，我们瞬间兜网。"

我抬头，再仔细看"南海民兵"，我在猜想他的肺活量，他一定不会比舞台上表演水中憋气的那些人差，那些人只想创造吉尼斯纪录，而他是谋生，本领往往惊人。他在南海里捉鱼，如同牧民驰骋在广阔的草原上套马一样，技术娴熟。

于是，我们只吃鱼肉，不吃鱼皮，那鱼肉也是千锤百炼而成，韧而柔，糯软鲜爽，这是南海鱼特有的味道。

对于鱼皮的坚硬，我后来的理解是，这鱼常年生活在深海中，每平方厘米的皮肤，如抹香鲸一样，要顶着数百上千公斤的压力，不硬才怪。

有压力，才会有定力。

这一点，人要向鱼学习，摒弃浮躁，学会深潜。

鸭公之狗坟

鸭公岛内有个小泻湖，面积最多百来平方米，不到一米深，泊着几只快艇。泻湖靠西，有一平缓小坡，上有长条形石碑，细看，两个醒目的红漆字：狗坟。

我的脚步慢下来，想探个究竟。没有任何说明，黑黑的大理石碑，在乳白色的珊瑚堆中，静沐着炽烈的阳光。

我想弄清楚"狗坟"的故事。

百多株黄槿树,树高约二米,树枝也不复杂,叶子并不茂盛,中间还有几株高高的海椰子树,这就是鸭公岛上的森林了。

森林中间,有数家鱼档开着。

符姓渔民,中年壮汉,特有的南海脸,被海风常年吹晒成古铜色,偏黑,一口浓重的粤方言,听得艰难,幸好桌边有几位三沙市工商局的先生帮忙翻译,显然,他们在走基层。

符老大是琼海人,在岛上已经住了十几年,打鱼为生。

聊东聊西,自然,我的目的就是想挖挖那个狗故事。

我得到的信息,实在有限:

几十年前,这个岛上有个老渔民,姓李,琼海人,他带来一条狗。后来,这狗老了,病了,死了,李老大就将狗葬在珊瑚岛的潟湖边。现在,李老大早已去世。

简单的故事,并不妨碍我的想象,只要合理。

茫茫大海中,一个小岛上并没有几个人,而仅有的这些人,也是进进出出,他们要打鱼,他们也要回琼海老家。

寂寞冷清中,这狗,我暂且叫它旺旺吧(我们家也有只狗叫旺旺,去年年底刚刚老死),就成了李老大工作生活中重要的伙伴了。

　　李老大出海，旺旺就蹲在海边，两只狗眼一直望着大海的边际。它的视力极好，远方，海天连接处，只要出现一个小黑点，它就能判断是不是李老大回来了。在旺旺凝视海面的时候，海鸟们想要和它游戏一下，它也装作看不见。旺旺的心里只有李老大，李老大能每天回岛，就是它最大的期望。小渔船一靠岛，旺旺就立即跳上船，摇头摆尾之后，它甚至都能帮助李老大拖鱼。那些死鱼，挺大挺沉，旺旺使出全身力气，实在拖不动，它会对着大鱼猛烈地狂叫数声。旺旺的叫声，和着李老大爽朗的大笑声，鸭公岛上一下子有了浓郁的人烟气息。

　　忙完一天，夜已深，咸腥的海风吹在李老大身上，润滋滋的。要休息了，旺旺会蹲卧在李老大床边，狗眼睁得圆大，它知道，并没有什么人会来惊扰他们，但它必须守着，这是它的职责。

　　日复一日，年复一年，旺旺老了，甚至比李老大更老。终于，有一天，它在李老大的怀中，幸福地闭上了常常睁得圆圆的狗眼。

　　李老大伤心欲绝，按亲人去世的方法，用所有能做得到的礼节，将旺旺体面安葬。旺旺永远留在了鸭公岛上，它和那些鹿角珊瑚，融为一体。

我问符老大，我这样想象合理吗？他憨厚地笑笑："狗是最忠诚的，也许，它的故事比你想象得更丰富。"

我确信，李老大和旺旺一起生活的数十年，一定还有更多精彩的细节。

我坚定地认为，旺旺对人类的贡献，有一半是它死了以后才呈现的。岛上的渔民怀念旺旺，不少上过岛的游客怀念旺旺，我也怀念旺旺。

鸭公岛社区居委会，现有居民35户，78人。这个微型社区里的每一个成员，都值得我们尊敬。他们是西沙和平的种子，这自然也包括老去的旺旺。

银屿之厚藤

永乐群岛周围海域，是通往南洋的重要航道，自古以来繁忙。渔民们曾经在岛周围海域发现大量的明清沉船钱币，故以银屿称之。

对银屿岛上的一些设施，地理地貌，匆匆掠过。

我一直在岛上寻绿。岛的一角，我找到了惊喜。

成片的绿藤，铺满了沙滩。要是在别处，也许普通，可这里是西沙，只有水和天，除了大海中自由生长的鱼类，小岛上居然还有如此顽强的绿，让人无限喜欢。这种绿色植物叫厚藤，还有别名，如马鞍藤、马蹄金、马蹄草、海牵牛。

粗看，厚藤有点像我办公桌上的绿萝。绿萝也算好养了，插水里，绕窗什么的，都能长得很好。但和厚藤比，绿萝就是温室里的小花朵，绝对经不起大海的狂风和炽热的阳光。

银屿岛上的那一地厚藤，挤挤挨挨，一根不知从哪漂来的八爪鱼般的大枯木，半身埋进沙里，背上却成了厚藤们戏耍聚会的极好场所。然后，厚藤们越过枯木，又结伴向沙滩上进军，那些枝条，长长嫩嫩，骄阳下，略略昂首，对前方茫茫的大海，似乎充满探索的好奇心。

我喜欢厚藤，一个字，耐。

它耐盐，沙滩咸的，海水咸的，海风咸的，我浮潜时不小心喝了一口海水，难受得不得了，急忙大口灌矿泉水。厚藤不怕，它可以整日与盐为伍；它耐旱，西沙群岛，雨量虽然不少，但强烈的阳光会让雨水迅速蒸发，虽处汪洋大海中，但和茫茫沙漠也差不了多少，有的只是旱。厚藤不怕，它就是喜欢干燥；它抗风，如野狂风，有多少动植物能抵挡得住？厚藤可以，它不反抗，弯腰屈身，以柔顺的姿态，耗尽对手的体力，如有定海神针般的毅力，人们已经将厚藤当作防风定沙的第一线植物了！

这一片厚藤，正以蓬勃的姿态，出现在我的面前。在厚藤的鼓励下，几簇牛筋草也长得极繁茂，这是一种杂草，细细的草丝，软软的，它们抱团生长，悠然自得。还有一种草，叫不上名，渔老大说，如果伤口出血，将这种草嚼碎敷上，立即止血！

绿丛中，我突然有了新发现，居然还有一朵厚藤花，浅蓝色的宽五角漏斗形，像一只蝴蝶，停在两瓣绿叶间，似乎是在寻觅什么。它是不是想透过厚藤花厚厚的革质表面，吮吸其中的蜜汁呢？哎，又有一朵，又有一朵，其实，有不少花呢，只是被大片的厚叶子遮掩了。

有花就有果，厚藤们是在为下一代生长做准备。过几年再来，我相信，那一片白白的沙滩，一定是厚藤们绿绿的领地了。

午后，越来越炽热的紫外线将人逼得透不过气来，厚藤们却显得比以往任何时候都悠然自在。数亿年的种族改进，使它有了主宰干旱的强大能力。

查中药大典，厚藤还是一种药，甘，微苦，平。主治祛风除湿，拔毒消痈，散结。

在银屿，凡是绿色植物，我都会睁大双眼仔细观察。

嘿，岛中隐蔽处，竟然有个小菜园。轻轻推开简陋的露天棚子，有四垄地，不是沙，是地！大陆的泥土支援西沙边疆，它们和西沙群岛上的细沙关系已经十分融洽。两垄菜显然已经收割，只留下菜根，还有两垄小青菜，三三两两，长势也喜人。隔离墙两边，有密集的厚藤往上延伸着。定睛细看，居然有五只大鸡立在夹墙的角落，一公四母。鸡们并没有慌张，它们挤在一起，警惕地看着我。我瞬间醒悟，它们才是主人，我是客人，赶紧退出，不打扰的幸福生活。

银屿社区共10户，19人。居委会主任，也就是岛长，李遴君，被称为"海上鲁智深"，高大魁梧，声如洪钟。他在岛上居住了二十多年，虽领导着也许是全中国最小的社区，却需要无比坚强的毅力，才能坚守岗位。

看着"鲁智深"黝黑的脸庞，我想，他就是那坚韧不拔、顽强生长的厚藤了！

全富之英雄

凌晨五点多,我登上"南海之梦"邮轮的顶层甲板,几抹金色的霞光,从东方幽暗的海平面上射出,随后,整个苍穹逐渐亮了起来,晨光带来新的一天。

一天,我们要去全富岛,它的面积是鸭公和银屿的总和。

为什么叫全富?因为岛的周围海域盛产红珊瑚,还有海南三绝之一的梅花参,都很名贵,故称全富。

越过玻璃海,一脚踏上全富岛,岛上的珊瑚沙一直热情洋溢地钻进我的凉鞋,陪伴在我两脚的周围。和鸭公岛不一样,全富岛,全是细细的珊瑚沙,阳光下,细沙略呈粉红色,这是珍贵的红珊瑚粉身碎骨而成,中国唯一的粉红色沙滩,和巴哈马的粉红沙滩一样,都很著名。

绕着岛,我检阅着沙滩上的一切。

岛中有个小潟湖,上有一段钢架木质廊桥,年久陈旧,禁止行人通过,像博物馆里摆着的文物,显眼得很。

一座两层楼高的瞭望台,鹤立鸡群。全富岛目前无人居住,晚上不允许留人,如果有敌侵犯,"千里眼"会立即发现。

有一个在建的厕所,刚刚浇筑完墩桩。

十株种下不久的水椰子树,气色不怎么好,耷拉着脑袋,但我相信,它们一定能挺过难关,扎根生长的。

细沙中,不时有尚未演化成沙的珊瑚碎片,还有许多圆圆的,像导演帽一样的小物件安静地卧着,一问,是海胆壳,就是我昨天浮潜时看到的,黑黑的身子,长长的针刺,看起来有点吓人的海胆,它的壳居然这么萌。有人捡了一堆,弄几个小贝壳,围起来拍照。

在一年轻瞭望员的大伞顶下,我坐了下来,看海。

远处的大海,似乎就是岸,有雾花白色,有暗赭色,很像是建筑群。不可能啊,我们身处南中国的汪洋大海中呢,不可能有海岸,瞭望员小李告诉我,那是海浪,不断涌过来的海浪,在天尽头,看着像墙一样。

沙滩上,顺着新鲜的Y形脚印,我发现了几只小海鸟,它们叽叽喳喳,也许是我们惊动了它们,也许它们在商量下一站飞往哪个岛。海里的鸟,我只认识海鸥,但它们似乎不是,它们那么弱小,和陆地上的麻雀差不了多少,它们怎么会有这么强大的飞行能力呢?我可是坐了十几个小时的大船才到达的。

除了一些游人、船员,几个卖海货的渔民,并没有看到太多的东西,但我想,这座几千、几万年的岛,它的细珊瑚沙中,一定还会有别的故事。郑和下西洋的船队,在此逗留过吗?没有具体记载,但他的二万七千多人、三百多艘船的庞大船队,曾经七次下西洋,南中国海是必经之路,永乐群岛,永乐的群岛,大明王朝永乐年间就是中国人的啦,铁的见证。

终于,我从管家青柠处,听到了一个关于英雄的故事:

20世纪70年代中期,西沙保卫战期间,有两位受伤的军人被海水冲到全富岛东南方向的尖角沙滩上,当地渔民奋力营救,虽一死一伤,但英雄们的故事还是流传开来,于是全富岛也叫英雄岛。

细想一下,全富和英雄,其实有相当紧密的内在联系:中国南海,中国自古以来的宝贵财富,向来有人觊觎,英雄保卫财富,就是保卫家园。

就要回程之际,夜幕下,我又登上甲板远眺、凝视。

海风带来丝丝凉意,今晚,头顶上的启明星似乎比平时近了不少,东南西北方,鸭公岛、银屿岛、全富岛,还有珊瑚岛、甘泉岛、永兴岛、金银岛、羚羊礁、筐仔沙洲等,大大小小数百个岛屿,它们就是南中国海夜幕中闪耀的群星。

仿佛看见，六百多年前，郑和庞大的联合舰队航行于此，在各条船上、各个岛上点起的油灯、升起的篝火，同样烛照天幕，灿烂无限。

在西沙，在永乐群岛，一次震撼的心灵之旅。

威尼斯记忆

金主完颜亮，极可能是奔着柳永的一首词来杭州的，这么好的地方，必须拿下。东南形胜，钱塘自古繁华，烟柳画桥，市列珠玑，户盈罗绮，参差十万人家。如果柳词不将杭州写得那么繁华和富庶，或许南宋就能躲过一大劫，历史说不定就改写了。

意大利人马可波罗，自称在元朝待了十七年，也游过杭州，他一定知道柳词引发的事件，所以元世祖忽必烈即便封给他官做，和他推心置腹，他也很少提及他的家乡威尼斯，他不想重蹈覆辙，他知道，蒙古铁骑厉害得很，哪里都能打进去。

我去威尼斯就是想寻一下马可波罗的踪迹，这个小马哥，为什么不和忽必烈讲讲他的家乡呢？

七百多年后的威尼斯，是岛，但不是国，世界上独一无二的岛。

威尼斯就是一座浮在海上的城市。它的街道就是水的网络，网与网之间，用石拱桥勾连。那些桥，精致结实，似网格的结，四通八达。走在桥上，桥下一艘艘"刚朵拉"来往穿梭，似鱼儿轻松游弋。船夫们摇着"刚朵拉"，慢条斯理，面带微笑，永远都有好心情，"欢迎""你好"，中文已经说得很熟练。操着世界各地口音的男男女女，端着相机，伸出双手，常常掩饰不住莫名的激动。他们来到的这座海岛，极特别，城建在波中，墙砌在水上，窗口下临水，水包围着城，水围绕着街。

直奔威尼斯的中心，圣马可广场。

广场上很多人在喂鸽子，手臂上、肩膀上、头顶上，一只、一只、一只、一人身上，多的有十几只。只要你手上有足够的鸽食。那些鸽子，训练有素，甚至会和镜头互动。它们停在你的掌心，小脑袋滑溜溜转，挺立四望，振翅欲飞，似乎在辨人，白的、黄的、黑的、男的、女的……嘿，它们是有记忆力的，超强，仿佛在找熟悉的脸孔。

网络与网络之间的绿蓝色海水，在安静地流动；网络与网络之间的行人游客，却热闹非凡。这好像是一个巨大移动的格子岛，建筑物的影子、帆影、人影，时而被"刚朵拉"刺成碎影。

出圣马可大教堂，夹着川流的人群，往北大约400米，曲里拐弯，终于找到了马可波罗故居。

这是一座三层的黄色院落，现在是私人住宅，但里面并不是他的后人居住着，完全不像其他名人故居那样被完整修葺保留着。院落的一边，夹杂着餐厅、酒吧、旅店，都以"百万"命名，导游介绍说，《马可波罗游记》意大利文的译名就是《百万》，一种说法是，在游记中，马可波罗常常用"百万这个、百万那个"的口头禅来形容他见到的繁华，人们于是称马可波罗为"百万先生"。在我看来，这个故居只是一个符号，更多的是商业写真，这个符号仅表示，马可波罗一家曾经在这里居住过。

小马故居虽简陋，临水的墙上，颜色斑驳，有些黄色的小砖块已经掉落，但并不妨碍想象，我的思维在元朝历史的时空里充分驰骋。

1275年，17岁的小马与他父亲、叔叔，一群威尼斯商人，带着罗马教皇写给元朝皇帝的亲笔信，从威尼斯的这座三层小院出发，沿着陆上丝绸之路，经过四年的艰辛辗转，到达了元朝首都北京。在元朝的十七年时间里，小马从年轻的威尼斯商人，变成了一个相当有主见的元朝官员。忽必烈极其看重他，常派他到全国各地处理重要事情，有时甚至派他出访邻国，当友好使者。外国人在中国的朝廷里做官，历史上并不罕见。忽必烈，蒙古大帝，马可波罗，欧洲商人，似乎天生就有亲近感；强者，智者，能说到一块，也不是什么奇怪事。

马可波罗到处游历，尽情掠影，春风得意。

这一回，他来到了杭州，立即感受到杭州的和平风气。

这里的居民都非常友好，恬静闲适，公平忠厚，自己做自己的事，邻里互帮，十分亲密，极其厌恶战争，都不知道怎样使用武器。家庭内部，男人对妻子表现出相当的尊敬，没有任何妒忌或猜疑，如果哪个男人对已婚的妇人说了什么不适宜的话，就将被看成一个有失体面的人。

他还见到了美丽的西湖。

靠近湖心处有两个岛，每个岛上都有一座美丽华贵的建筑物，里面分成无数的房间与独立的亭子。当杭州的居民举行婚礼或其他豪华宴会时，就会到这两座岛上。凡他们所需的东西，如器皿、桌巾、台布等，这里都已预备齐全，这些东西以及建筑物都是用市民的公共费用备置的。

在小马眼里，杭州的一切都是那么美好，虽有战争创伤，但这座城市的自愈率极快,而杭州只是中国神奇土地上的一个小站。难怪欧洲人读了马可波罗的游记,立即激发了对古老神秘东方的探索欲望,开启了大航海时代!

公元1632年12月,杭州西湖,一个大雪的夜晚,作家张岱撑了条小船,带着火炉,独自前往湖心亭看雪。马可波罗描写的一切早已没有影子,张岱看到的是天与云、与山、与水,上下一白,湖上影子,只有长堤一痕,湖心亭一点,小船中两三粒人影罢了。

我似乎听到了马可波罗和张岱跨时空的一段对白:

张岱:敢问意国前辈,您的家乡威尼斯这么好,为什么不向忽必烈大帝介绍呢?有人说,您将杭州、元朝写得这么让人神往,却没有到过杭州,是这样吗?

马可波罗:张大作家,威尼斯那岛国,弹丸之地,不值一哂。游记里写的确实是亲身经历,我临终都已经发过毒誓了,我写的一切都是真的,我所写的不及我看到的十分之一。如果没到过杭州,我怎么会知道西湖里的两个小岛呢?您现在站的这个湖心亭,三百多年前,我早来过了!

是的,威尼斯的水,西湖的水,地球上所有的水,都是以不同的形态,相连游动沟通的。

17年后，马可波罗找了个理由，从海上丝绸之路回到了威尼斯。

此后的威尼斯，一直成为欧洲人的骄傲。

有个研究颜色的英国专家，用一个细节佐证了这种骄傲：16世纪，威尼斯已经成为欧洲最重要的红色交易中心，那里的商人们将红颜料转卖到中东，去做地毯和织物的染料，而威尼斯女人们的需求量也不可小觑。想想看，胭脂的市场能不红火吗？

我在威尼斯，询问、寻找、观察，没有发现大批量的胭脂，显然，这一切都成过眼云烟。

一个岛，一座城，一个人，一本书，陆上，海上，丝绸之路，马可波罗将威尼斯和中国紧紧相连。

离开马可波罗故居，沿着马可波罗桥返回码头，抬望眼，我似乎看到了17岁的马可波罗正站在桥上，在和一群人挥手告别，他要去远方，他要去古老的东方中国。

梅藤根城堡

1

梅藤根是一位一百多年前的英国医生。城堡在浙江德清的莫干山上。这两者有什么联系呢？

先从一张照片说起。

1881年，梅藤根来到杭州，做了杭州广济医院（浙医二院前身）的院长。有一天，他在查房时，一位小患者向他表示感谢，中国人以前的感谢方式就是作揖鞠躬。小家伙鞠躬得像模像样，两手向前低垂，七十度左右弯腰，见此情景，梅院长连忙还礼。但一个成年人，要将腰弯得和小孩子差不多，那就必须低了再低。正面看去，中式走廊里，梅医生戴礼帽，着西装、黑皮鞋，他的腰差不多弯成了九十度，两手向小孩合拢作揖。

我还注意到了一个细节,两位互相鞠躬者的走廊尽头,似乎是个门房,有大人,辨不出男女,可能是医护人员也可能是陪护家属,他(她)侧露出小半个身子,在观察着这个有趣的场景。的确,场面难得,中国人讲礼仪、感恩,小患者着小马褂,应该是富裕人家的孩子,但这无关紧要,在医院,就是普通的医患关系。

这张照片,成了良好医患关系的经典。

浙医二院,将这张照片建成了一座雕塑,许多人路过都会不由自主停下来,看一看,想一想。医院的用意很明确,这是本院的历史,也是本院的传统,患者尽可以放下心来。

有一年,梅医生去莫干山度假,发现了一处别致的地方——炮台山。这里极像他的家乡,山泉淙淙,林深竹茂,空气极佳,离杭州又近,适宜度假。于是,他买下了七十五英亩地,着手建了个城堡式别墅。1910年,梅藤根的别墅终于建成(莫干山1号),它成了山上的标志性建筑。

梅藤根认为,这里有凉爽的小径,这里的绿波竹林是那样的安静平和,患病的孩子如果来此疗养,身体就能获得改善。

确实,当年只要梅医生上山,他的助手就会敲锣告诉山民：梅医生上山了！梅医生上山了！于是，山里的百姓都会跑来看病，在梅医生的面前，常常有数十、上百人耐心地排着队。

一百多年来，梅藤根城堡也随着历史的变化而变化，最终，1960年，城堡在历史的岁月中失修倒塌。

梅藤根城堡，一个被人遗忘的符号。

2

丁酉深冬，一个阳光很好的日子，我从杭州来到了莫干山，进了梅藤根城堡，不过，它已经有了另外一个名字：裸心堡。

又是一段长长的故事。

2007年，在上海工作的南非年轻人高天成（中文名），一个偶然的机会，自助游到了莫干山，他被整座山的风景和人文历史迷醉，一路游，一路赏，最终迷路到了城堡这一带，碰到了热心的村妇，讨碗水喝。待小高静下心来，仔细欣赏眼前的风光时，他忽然有了一种冲动，这莫干山不正是自己梦寐以求地可将心放到大自然的地方吗？

这就开始有了著名的洋家乐裸心谷。在建设裸心谷的过程中，高天成又发现了废弃的城堡，这让他大为惊喜，经过数年的营造，一个新城堡终于诞生。

进入新城堡大厅，沿旋转台阶而下，底层有一个大展览厅，关于梅藤根的事迹和经历，莫干山上的名人别墅，都有细致展示。

一块长条巨石上面有金色的英文字，GLENJURRET，格兰塔再一次将梅藤根推了出来。

当高天成开始重新修复城堡时，在原址的地底下，挖出了这块巨石。高天成看着上面的字，一愣，格兰塔，苏格兰著名威士忌酒的品牌，苏格兰唯一传统工艺制作的酒厂，古老得很，已经有二百四十年的历史了，多年前他还去游览过，品尝过它的酒香，味道难忘，但此酒和城堡有什么关系吗？

一查，还真有，格兰塔，不仅是酒的名字，也是梅藤根的故乡。梅藤根当年建城堡，故乡这家酒厂就是赞助商之一，梅医生为了感谢，就在城堡打地基时，埋入石碑，以作永久的纪念。

3

我站在城堡大厅的落地窗前,俯瞰对面的山顶,那里,散落着不少别墅,有圆顶尖塔,也有红顶屋盖,哥特式、罗马式、中式,有的则完全隐藏在树林里。冬日的山林,有些树叶已经离身,树的枝干却透出些健美的身姿。在暖阳下,它们安逸、静谧,默默地矗立着,它们是莫干山的主人,也是历史风云的见证人。

比如,民国著名人物黄郛的别墅,白云山馆,他不仅自己住,他的义弟蒋介石先生也多次来住,蒋和宋大婚时,就是在那里度的蜜月。上一次我来莫干山,进到山馆的二楼,那里依旧是蒋宋新婚时布置的模样。此后,国民党的几次重要会议,也在别墅召开。1937年3月23日,国共第二次谈判,也在那里举行。

莫干山上二百五十多幢别墅,几乎每一幢,都有着独特的长长的故事。

自然,这一切都已成过往的云烟,山还是莫干山,依旧夏米风凉,冬米雪藏,秋林层染,春色满山,只不过,物是人非,多了些沧桑和沉重。

也有轻松。

高天成将城堡周围的民居,都打造成了和城堡一体的洋家乐。

裸心堡的山下接待大厅,用的都是民居的原木旧料。门口有一只大鸟,从南非远途而来,大鸟的形状别致,钩形的鸟喙及地,似乎埋头在站岗,不问来客。两根屋柱上有一副黄颜色的漆字对联,应该是岁月留下的作品,建造者特意用在此,上联是:我们学习白求恩;下联是:我字坚决抛一边。初见对联,我笑了一下,还只是一般地认为好玩,待从城堡下来,忽然想起,这对联莫不是有意为之呀,白求恩、梅藤根,都是用医术来解除别人病苦的高尚者。

4

从梅藤根城堡(裸心堡)出来,环顾四周,城堡、山峰、古树都如花瓣似的拼命饮着日光,专心得很,而我,则踩着自己的碎影,小心翼翼地下山。

附会武当山

诸葛亮手握羽扇，眼眺远方，雄伟而孤寂地站在襄阳城中心的广场上。暮色里，他身边的襄阳市民，有的在欢快地跳着广场舞，有的在用力抽打着陀螺。总之，诸葛先生和喧闹的市民，互不干扰。

我们去襄阳，第一站就是古隆中，当然是奔着诸葛先生去的。

诸葛先生是很有学问的，年纪不大，却老谋深算，他时刻都在积聚力量，他日夜都在等刘皇叔的三顾。在三顾前，他的个人生活似乎有些矛盾，好友黄承彦乃襄阳名士，本事很神，他提出与诸葛亮联姻，欲将"貌丑却有才"的女儿嫁给诸葛亮，这虽离诸葛先生的择偶标准实在有些距离，但做大事的人，往往不在儿女情长。诸葛思索一番后，娶了黄月英。月英姑娘却是极为难得的知识型好媳妇，她的知识和能力让诸葛亮日后的事业，不说如虎添翼，也是顺风顺水，为皇叔的三顾，积蓄了足够的力量。两人婚后的生活是幸福的。

诸葛的故事当然有很多，据说，仅武侯祠全国就有几十处之多。你想啊，诸葛又不是神仙，他活得也不长，在他有限的生命历程中，怎么可能跑那么多地方呢？不用说都是附会，都是当地人们的一厢情愿罢了。

要上武当山，首先要过太极湖。太极湖近几年来名气还是有一些的。"问道武当山，养生太极湖。"听着熟悉，是因为央视广告的不断熏陶，还因为我们的脑子里，已经有太极的概念，加上近年流行的阴阳啦八卦啦，就好像见到了熟悉的老朋友一样，太极湖，太极生两仪，真好。

刨个根。导游说太极湖，就是丹江口水库的一片水而已。

原来如此，丹江口水库，已经建好几十年了，知道的人却不会很多，襄阳人民太需要扩大它的知名度了。襄阳，襄樊，又襄阳，折腾好几回，外人有些模糊，他们自己肯定不迷糊。

正好，武当山要大兴，大兴六百年，附会一下，于是，丹江口就有了太极湖。

似乎顺理成章。

中华民族的传统文化里，始终都有武当山活跃的因子。

齐天大圣大闹天宫，严格追究起来，太上老君也是有责任的，他的仙丹让孙猴子的免疫力提高了不少。我不知道玉皇大帝后来如何问责，但是，这位老君经过八十一次变身后，终于在第八十二次变身成了真武大帝。因此，真武的传说远远早在道教诞生之前。

于是真武大帝的传奇开始。在道教的系统里，真武诞生在净乐国，他是太子，但不统王位。他娘怀他就不一样，要十四个月，而且是从他娘左胁下迸裂而出。他一生下来就表现出异样的天赋，立刻会叫爹喊娘。他的理想是要去武当山，创造属于自己的天地，修炼成道，飞升成帝。

太子坡，有个很有名的磨针井。

真武太子也是常人啊，他十五岁到武当山习道，一开始也是不得法，还差点坚持不下去，大家都懂的，坚持不下去的时候，往往会当逃兵，太子也当起逃兵了。但他却碰到了一个普通人，这个普通人是一个白发苍苍的老太太，在一口井边磨铁杵，不紧不慢，样子很悠闲。太子奇怪了，为什么要磨杵啊？老太太头也不抬："磨一根针，绣花用的。"太子就笑了："这样磨，磨到什么时候呢？磨到您老去，也磨不成啊！"可老太太不这样认为:"真是大惊小怪,粗铁棒,今天磨,明天磨,后天磨,一定是越磨越细,总有一天,它会成针的。"

太子顿悟,似乎一下子理解了习道的全部意义,铁杵能磨成针的主要原因,就是因为不断地坚持。

磨针井的故事似乎很熟悉,《列子》中的愚公不也是这样回答智叟的吗?是呢,唐代的白居易,也碰到生活中一个平常老太太,此老太太同样睿智,她用实际行动教给了白居易简单的道理。但我宁愿将太子坡磨针井的故事,当成这类故事的源头,这样好让真武太子的形象高大一些。

朱棣也是花了九牛二虎的功夫,三年靖难,才拿到了明成祖的营业执照。

此时的朱棣,处在舆论的旋涡中。夺了侄子的皇位,有点名不正言不顺,虽然,朱老爹也有将位传给他的意思,但最后毕竟没有传给他嘛,这本证书是硬抢来的。不过这也很容易,就为自己找点理由,附会粉饰一下吧。

北修故宫,南修武当。朱棣真是附会高手,他进一步塑造了真武形象,将各朝各代的传说统统附上。一定要附会出一个氛围浓厚、强大的舆论场,让所有的人民相信。将人民的注意力,统统转移到建道观上来,这至少有两大好处,一来可以迅速树立自己的思想系统，这些对道观以后将是有用的舆论机器，会发挥大作用的；二来也可以拉动国朝的经济，几十万民力，数十年的时间，整个国朝的经济拉动相当强劲。

于是，真武太子就成了真武大帝。

南岩景区，有个很有名的龙头香。悬崖上伸出一石，长不足三米，宽大约三十厘米，这石雕刻成龙的模样，龙背数朵浮云似乎流动，龙头置一小香炉，下临千丈悬崖。从前，很多香客为了表示对真武大帝的虔诚，踩着龙背，迈出三大步，冒险到龙头进香，官方史料说，坠崖殒命者不计其数。1673年，清政府下令禁烧龙头香碑，并设栏门加锁。

我站在悬崖边，扶栏穿窗注视龙头香，香炉上燃着数根香，青烟在阳光下袅袅，膜拜的香客，个个神情庄严，武当山的神情似乎也很严肃。

在太子坡，我细问文物的来历，知情人士却告诉我这样两件事：抗战时期，国军将太子坡以下各宫观的铜质像器，大都收集起来，由炮十六团运往陕西汉中地区城固县兵工厂，熔化，造兵器。后来，原均县第二中学红卫兵，将观内一百多尊木泥塑像大部砸毁。

即便如此，真武大帝也是通情理的，他不会报复，他能理解，保家卫国需要真枪真弹，泥塑毁了还可以再塑。于是，他一直红，一直红，红了六百年。

日积月累久了，就成了传统，传统久了就是文化。看来，附会也不见得是一件坏事，附会似乎是中国传统文化集成的主流方式之一。

我们在武当山金顶下的平台上，练了三次太极。教我们的陈道长，束紧发，蓄小胡，白衣，麻裤，十方鞋，三十六岁，练功二十一年，自称三丰派太极第十五代传人。看他柔软而刚劲的身姿，我们很羡慕，道法自然，天人合一，当场就有同伴想做第十六代传人。

天地一方岩

1

在永康。

方岩山脚,茂林密处,五峰书院的寿山石室,我坐在天地间细饮发呆。厚固峰和覆釜峰,两峰夹紧,留下一条深颜色的凹槽,细泉如线,时断时续。这是一个晴天,我相信,雨天一定不是这个样子,细泉会变成白柱,飞撞直下。

厚固峰的这一面,我的头顶,一面不那么整齐的细雨帘,从天空遥遥挂下,仿佛有人扯着。说雨帘不是很准确,没有下雨嘛,应该是泉帘。探头看,光亮得很,泉帘凭空而来,不绝如缕。我努力地想穿过透明的泉帘看天,天却狭窄得很。岩边的沙砾,看着似乎要风化的样子,有点担心。实际上,这种丹霞地貌,生来就是如此,它们已经存在几千万年。陈亮不怕,朱熹不怕,达夫不怕,自然,我也没有什么好怕的。

泉帘的目的地,就是岩脚的深潭,它也是凹槽里瀑布们的歇息地。

我饮着茶,看泉帘落潭。

落潭时,浪花与浪花之间,互相撩拨,满潭欢笑。它们虽然细如长线,却还是很有姿势的,以不同的角度,争先恐后,大珠小珠落玉盘。激起的碎小浪花,和世界级跳水冠军有得一比。

泉滴欢快跳潭,让我想起一些事,和陈亮,和胡则,和应宝时。

2

我坐的寿山石室,正是陈亮当年讲学的地方。

陈亮,南宋绍熙四年,状元及第,一个特立独行的人。他总是想得和别人不一样,作为一个读书人,一定要有自己的思想,为什么一定要和别人一样呢?

朱熹是当时绝对的思想权威,他崇尚的理学,崇义细利,就是说要重视王道，而忽略霸道。陈亮却敢于挑战权威，理学一定要和现实相勾连，王道和霸道相结合才是赢道。这一场争论，一直持续了十一年。

然而，争论归争论，争论是学术的，并不妨碍他们成为好朋友。

1182年秋，朱熹因工作到永康，自然要访问老朋友。学问大家光临，这是一个绝好的学习交流机会，陈亮于是请朱大师在五峰书院的寿山石室讲学，这一讲，就达半月之久。四方学子，颠着脚步赶来追星，朱子、陈亮辩经的声音，和着石室里的回声，构成了南宋儒学的经典混响。

朱熹讲完学游方岩，常常数百人跟游，盛况空前。

我朝石室里间望去，上百平方，空间不过数十丈，却深邃无比，那隙缝不断向岩肚里深入，就如朱熹和陈亮的学术讨论，越辩越深，越辩越透，使南宋整个理学之光，照耀后世八百年。

此刻，我内心和陈亮有过一场小对话。

我问："您觉得读书和报国之间，是怎样一种关系呢？"

陈亮拈着胡须笑答："简单得很，读圣贤书之大义要义，就是报国！"

我赞同。

我再问:"据说,您得这个状元非常有戏剧性,真是这样吗?"

陈亮哈哈大笑:"真是这样,那孝宗的性格和我相像,所以,我对'要不要去看老爹'这样的论题,谈了自己的真实想法。将国家治理好,才是真正的大孝,而不应该拘泥于每天是不是一定要问候。问候得再好,也只是表面的,治理好国家是当皇帝的根本。我倒没有否定看老爹,老爹要看,但有比看老爹更重要的事情!就这样,我得了头名,确实不是我的真实水平啊。"

我打趣:"历史上,状元产生的方法众多,还有掰手腕赢状元的呢。"

远处,陈亮的青石雕像,矗立在秋日的阳光下,瘦高清长,白须冠带,明亮的双眼,注视前方;右手握书,左手轻撩衣襟,右脚微抬,信心满怀,似乎是要朝京城出发的样子。是的,他忧虑呀,大好河山为何不去收复呢?王朝的中兴,读书人的责任,他时刻准备着。

然而,命运和他开起了玩笑,中状元的第二年,正将展宏图大志的时候,却一病不起。

泉滴跃下，激起的小浪花，谁说不是为陈亮逝去而洒的泪花呢，对壮士来说，最悲哀的莫过志未酬。五十二岁的陈亮，满肚子学问和情怀的陈亮，就这样抱憾离去。

3

望着凹槽直上的天空，我的目光拐弯，穿过覆釜峰的背面，那里，正是我刚刚攀爬的方岩山。

之字形的游步道登过，就看到了"天门"陡峭在上，贴着"天门"的岩石，就是方岩，因为整座山峰，像块大岩石一样矗立着，四周呈方形，故称方岩。

上了"天门"，转个弯就到"天街"，这街虽不如泰山天街长，小门店却彼此相挨，一家接一家，整条天街，都被红烛和红香包围。永康作协主席章锦水笑说："来这里，一定要给一位好官，胡则，北宋的清官，烧一炷香！"八十三年前，郁达夫观察到，这天街，专靠胡公庙吃饭的人，总有三五千人。

胡则的故事，流传很久了。

永康人胡则，是婺州第一位进士，为官四十多年，历太宗、仁宗、真宗三朝，施仁政，宽刑狱，减赋税，革弊端。

1032年，江淮大旱，饿死者众，胡则上书，求免江南各地百姓的身丁钱，诏许永远免除衢州、婺州两地的身丁钱，也就是人头税，两州人民感恩戴德，多立祠纪念。方岩山上这座胡公庙，应该是最大的一座。1162年，宋高宗赵构，还应百姓请求给胡公庙题了额"赫灵"，百姓敬胡则若神灵，都称他为"胡公大帝"。

老百姓很善良，很真诚，谁为他们办好事，他们就记着谁。"胡公大帝"，百姓心中的一座丰碑。

世上没有大帝，但有好官。毛泽东用八个字，概括了胡则的一生，"为官一任，造福一方。"这八个字，想必就是为官的重要标准和品质，千年经典。

天地间一方岩。

方岩上有胡公祠，我叩首三拜，顶天立地的山，顶天立地的胡公。

4

顺着泉滴的不断翻跶，思绪仍在疾走。

我坐在厚固峰下的山洞口，这座峰，只是方岩五座名山峰之一座。

在灵岩，高台上，眺望远方数座和五峰山一样的峰，也是一景。那些峰，突兀而立，似乎是从大地上长出的大柱子，游客指指点点，凭着自己的想象，但"天下粮仓"一说，似乎更形象，得人喜爱。

圆圆的柱形耸立在天地山谷间，饱满而圆润，黄颜色的柱体，柱上还有层层绕箍，那是岩石初生时的横沟，上面有些杂树，这天生就是座粮仓，结实耐储。谁说不是呢，胡则为民死谏，不就是想让这粮仓为民而贮，遇荒则开吗？

忽然，想起一则当时刚读到过的笔记。

清代作家陆以湉的《冷庐杂识》，卷三有《担粥》：

> 担粥法，始于明季嘉善陈龙正，简而易举。道光癸巳，林文忠公抚吴，冬荐饥，仿行此法，雇人挑赴各城，以济老弱贫病，活人无算。

明末灾荒连连，著名理学家陈龙正，不愿意在官场混，回到家乡，乐善好施，他大力倡行的同善会，成为风行全国的乡村社会团体。担粥法就是其中一种方法，这种方法，因地因时制宜：

> 故于极荒之风，特设粥担，以待流移，若反舍土著，则倒行甚矣。

我们常见饥馁场景，冻僵冻死，四肢直，救援的办法是，先温暖其身，然后，用热水喂，再用清粥慢慢喝，人差不多就可活过来了。

有了先例，碰到灾荒，政府官员首先想到这个方法，简便有效。老弱贫病，靠一碗粥，活下来的无数。

而永康市芝英人应宝时的"义庄"，救济的虽然是本族乡亲，但力度显然要比陈龙正大许多。

沿着"大粮仓"的方向，往北十余里，就是芝英千年古镇，镇上大多数人都姓应，"义庄""常平仓"就坐落在那里。

应宝时，清政府洋务运动重要人物之一，同治年间的苏淞太道，官至一品内阁大学士。他心地善良，捐二千多亩田作基金，以其每年租谷，赈济本族孤寡老人及疾病无依者，每月给救济对象，大人三十五斤谷，十岁以下小孩减半。更让人敬佩的是，应宝时在家乡，没有为自己和儿子留下一亩田、一间屋！

应氏后人应忠良，站在"义庄"的天井边，大声向我们介绍着应宝时的善举，自豪感洋溢。现如今，"义庄"已经由单一的救贫，转向为助学、奖学、救困为一体的多种慈善运营模式，慈善的精神，扶贫济困，社会和谐的黏合剂。

5

我的思绪，又回到寿山石室的洞边，泉滴依旧如帘。

我已饮完两杯清茶，发了半小时呆。

时隔八十多年，差不多的季节，我沿着郁达夫《方岩纪静》里的足迹走了一圈。山峦依旧，村店依稀，但物是人非，他察静，我感慨，此刻，感慨只有五个字：天地一方岩。

五个字，我有两种断句：

天/地/一/方/岩。

天/地/一/方岩。

前一句中，"方"为量词，既是量词，应该可以量，一量，便显得有些小气，这岩说不定就是泼墨的砚台。不过，也好,天地任我纵横书写,就写两个字:永康!

后一句,"方岩"是偏义名词,是特指,方形状的岩石,不,是座方形的岩山。山有名寺,山有流瀑,千年文脉,延布四方!

天地间,这方岩还具有刚强如铁的意味,胡则、陈亮、应宝时等,都有如岩般的意志,挺直的脊梁。

药

1

天还没有大亮,丁字街口,已经鬼影似的徘徊着好多人。"一手交钱,一手交货!"一个黑衣人突然就站在了华老栓面前,他摊着一只大手,另一只手撮着一个鲜红的馒头,红的还一点一点往下滴。

鲁迅强抑着满腔的悲愤却又无奈地描述着:华老栓拿着用灯笼纸罩裹着的血馒头,像抱着一个十世单传的婴儿;而华小栓拿着黑东西,似乎拿着自己的性命一般,心里说不出的奇怪。

黑衣人康大叔,刽子手,他不仅杀人,还用死者的血赚钱。华老栓夫妇坚信,人血可以医治痨病,吃下去病便好了!

儿子小栓已经病得很重。今天凌晨，夏四奶奶的儿子，夏瑜，就在这里被处决。

这一天，1907年7月15日凌晨，绍兴古轩亭口，32岁的鉴湖女侠就义。

2

鉴湖女侠秋瑾，完全可以不死，但此前发生的一系列革命失败事件，反而让她下了赴死的决心，用死来唤醒沉睡的民众。

1907年7月6日，绍兴大通师范学堂督办秋瑾，以光复军协领的名义，命令浙江的光复军在这一天共同起义。然而，天不遂人愿，安徽的徐锡麟起义失败，浙江的金华、武义、兰溪、汤溪、浦江、永康，起义均告失败。各地的消息以及叛徒的交代还有告密，全都指向大通师范学堂及其主持人秋瑾。

1907年7月11日，清政府从杭州派出300多新军，赶往绍兴搜查大通师范学堂及逮捕秋瑾。其实，第二天秋瑾就得到了消息，她完全有足够的时间撤退，但她没有离开，而是从容布置，转移枪支弹药，转移各类文件，命令学生们各自分散隐蔽。1907年7月13日下午4点多，杭州派来的新军，在管带徐方诏、绍兴知府、山阴知县、会稽知县等带领下，一起将大通师范学堂严实包围。

夏日的傍晚，闷热无风，在民众惊异而木讷的眼光里，荷枪实弹的清军，如临大敌般，将穿着白衬衫双手被绑着的秋瑾，紧紧押着，秋瑾却没有一丝惊慌。清兵枪上的刺刀，在夕阳下反射出惨白的光，让人顿生寒意。

3

如果"安分"一点，衣食无忧，富太太阔太太的好日子，应该是秋瑾的日常。

湖南株洲，石峰区清水塘街道的大冲村中，山树掩映，我见到了耸立着的秋瑾像，高挑凛然，对襟布衫，左手捏着书卷，右手食指伸点着前方，她抬眼四望，心有所思。

秋家有女初长成，秋瑾从小心里就有一颗报国的种子。年幼时，洋人差不多将中国的大地踩踏得千疮百孔，小秋瑾曾对母亲表现出这样的担忧："红毛人这样厉害，这样下去，中国人要成为他们的奴隶了！"

年少时,秋瑾就开始学武术、练枪棒、拳术、剑技、棍术,她还学会了骑马驰骋。果敢爽利、豪迈仗义、豪放不羁,这些都成了铸就鉴湖女侠的重要因子。

我走进秋瑾故居,在槐庭前伫立。

1896年,秋瑾和王子芳在此完婚,这是湘潭富翁王黼臣送给小儿子结婚的华丽婚房——大冲别墅。别墅内满庭芬芳,树木成荫,庭中大槐树特别让人踏实,秋瑾就将此别墅取名为槐庭。槐花开,举子忙,这里应该是读书修身的好地方。槐树是中国古老的树种,大江南北均广泛生长,它还象征着旺盛勃发的生命力。

可以想象的场景是:槐树下,秋瑾在此读书、写诗、徘徊,身在槐庭,心忧天下。

看她在槐庭抒发的《杞人忧》:

> 幽燕烽火几时收,闻道中洋战未休。漆室空怀忧国恨,难将巾帼易兜鍪。

洋人大肆进逼,中国满目疮痍,难以报国,无限忧虑。槐树自古以来就是治病的良药。比如,果实槐角,味苦,性微寒，有凉血、止血功效；比如，槐籽，能明目黑发、补脑益寿；比如，槐叶，煎汤，治小儿惊痫、壮热、疥癣及疔肿等。而在秋瑾眼里，中国这个巨人，通身都是病，且已病入膏肓，不仅需如槐树药般的调理，更需多剂猛药，脱胎换骨，重新做人。

4

总体来说，秋瑾和王子芳的婚姻，乏善可陈。

王家虽然富足，却使一心追求自由、心向天下的秋瑾格格不入。《马关条约》的签订，"公车上书"，戊戌变法的失败；《湘学新报》等进步报刊的阅读，陈天华的《谨告湖南人书》；八国联军进京，《辛丑条约》的巨额赔款，随王子芳户部任职两次进京居住。外界不断传来的消息，所有的一切，都使得秋瑾内心越来越不平静，她内心的革命种子开始成长，但也为自己空有报国之心却无力施展而深感苦恼。

在好友吴芝瑛的影响下，秋瑾比较明确地找到了方向，她不愿意过饱食终日、碌碌无为的日子。"人生处世，当匡济艰危，以吐抱负，宁能米盐琐屑终其身乎？"她要去日本留学，只身东海挟风雷,她要去结识更多志同道合的战友,去学习新知,对国人进行启蒙教育。1896年,清政府首派十三位学生去日本留学,到1904年,中国赴日留学生迅速增加到1300多人。清政府没有料到的是,与留学初衷大相径庭,它最终培养了一大批的革命者。

此后的4年,在秋瑾短暂的生命历程中,虽属更加短暂,却是她轰轰烈烈的高潮所在。她爆发出前所未有的热烈和奔放,她对革命倾注了全部的激情,她已将生命远远抛之脑后。

秋瑾有好几张英姿勃发的照片,基本都是男装,闺装愿尔换吴钩,骑着马,高靴,别着手枪,手上拿着剑。主持大通师范学堂校务期间,她也常常骑着高头大马,在绍兴街上任意来回,孙文赞其"巾帼男儿",名不虚传。

拼将十万头颅血,千秋万代铸女侠。为了革命事业,向死而生,用她的死来激发众人的生,秋瑾注定要赴死。

5

秋瑾被捕的当晚,绍兴知府贵福连夜审讯,但贵福出席过大通师范学堂的开学典礼,被秋瑾戏称为"同志",弄得他很尴尬，遂让山阴知县李钟岳接着审。李让秋写交代材料，秋瑾写完"秋风秋雨愁煞人"这一句后，再也不肯写了。为革命失败惋惜，为祖国前途担忧，这一个愁字，怎生了得！

然而，这七个字却像烈焰，又像一服烈药。秋瑾牺牲后，中国大地不再沉醉，不断出现光复军和会党的武装起义，1911年，辛亥革命爆发，1912年元旦，孙中山在南京宣布成立中华民国临时政府。

大冲村的秋瑾故居，面积颇大，里面有槐庭书院、碑林长廊、新群中学、婚俗博物馆等。这里特别要提一下新群中学。1921年，毛泽东与湖南一师、一中校友黄笃杰、王洪波一起，筹资一千银圆，在湘潭十四总莲花街，办起了新群学校。初小、高小、初中齐全，后来学校被日寇炸毁。1940年，秋瑾之子王沅德，将槐庭及附近田地都捐给新群学校办学，新群中学就迁到了槐庭。

教育乃强有力的生命种子，秋瑾之子捐家产，是秋瑾最好的精神遗产之一。

6

远山如黛，槐庭的天井一角，我看到了石臼里的一丛菖蒲，它绝对不起眼，却葱青粗壮，独自散发着自己的青春气息。暮春时节已过，它还要迎接炎热的夏季，一直到寒冷的冬季，它是季节的自由使者。

《神农本草经》说：菖蒲，补五脏，通九窍，明目。

它是一味好药。

这喻的是秋瑾吗？嗯，它就是秋瑾，五脏都强，九窍皆通，耳聪目明，秋瑾的理想，就是要建立一个人人都健康而有思想的平等社会。

7

鲁迅小秋瑾6岁，都是绍兴同乡，两人在日本留学曾有交集。交集虽不多，但鲁迅在《论"费厄泼赖"应该缓行》《范爱农》《病后杂谈》等作品中却多次提及秋瑾。写于1919年4月25日的小说《药》，则寓意十分明确，祭奠秋瑾，唤醒更多沉睡的华老栓们。哀民众之不幸，怒民众之不争。

一百年零一个月后,我从大冲村的秋瑾故居归来,依然用《药》为题,用意也非常明确,秋瑾毫不迟疑地将自己当成医治国民觉醒的药引,药效显然巨大,且一直影响着后世数代。

有尊严地活着,于个人,于国家,皆是一种对生命的尊重。

苜蓿记

特别说明，本文不是写苜蓿的植物记，说的是菜，其实也不仅是菜。

1

我极喜欢《战国策·齐策》里的"冯谖弹铗"，这个故事情节的生动性、曲折性，一点也不亚于司马迁写的人物列传。

齐国的穷书生冯谖，托了关系，总算投奔到孟尝君的门下了。不过呢，他是有心计的，他要看看孟尝君是不是值得他投靠。第一步，应该不错，冯谖进门时，孟曾经问过介绍人两个问题："冯有什么爱好？冯有什么才能？"都没有，只是当食客，找个吃饭的地方。孟也不计较，他养士千人，不差这一个。

你想啊，这样一个吃白食的人，断不会得到人家的重视，只有粗茶淡饭罢了。过了不久，这冯谖开始了他的三部曲。他的全部动作是这样的：靠在门边，拿着长剑，一边弹着剑，一边发牢骚唱歌，而三次牢骚的内容却一次比一次要求高："剑啊，我们回家吧，在这里鱼都没得吃（注意啦，蔬菜肯定供应充足，只是没有荤菜，但苜蓿肯定没有）！剑啊，我们回家吧，在这里，车都没得坐！剑啊，我们回家吧，在这里，我没有办法养家！"要使冯谖三次牢骚逐渐升级，一定要以不断满足为基础，孟尝君都笑着一一满足，给冯谖吃鱼的待遇，给冯谖配车的待遇，给冯谖老母亲接来一起养老。

至此，冯谖已经完全享受高级人才的待遇了，孟尝君满足冯谖的要求，一来他经济实力雄厚，二来他确实是养士，这么多的士，要知道哪一些人特别有才能，要看关键时刻。

冯谖开始崭露头角，是在孟尝君贴出告示之后，这个告示的内容是让一个懂会计的人，替他去封地薛城收债。冯谖应征，让孟大吃一惊，原来这人还真是有水平的，于是连忙接见了冯。一阵寒暄，一阵抱歉，气氛不错。临行前，冯问："债收齐后，买些什么东西回来呢？"孟交代："你看着办吧，府里缺少什么你就买什么。"

冯谖矫命焚债券，替孟收买民心，孟尝君并不高兴，但他没有继续追问。

直到有一天，孟尝君被齐王贬官，孟去了他的封地薛城，望着赶了百里地来迎接他的百姓，他才真正理解了冯谖的用意。

冯谖不愧是个人才，不，奇才，他后来替孟尝君去游说梁王，梁王重金三聘，孟坚拒，齐王认错，重新重用孟尝君，孟为相几十年都太平无事。

冯谖的三次牢骚是有底气的，他装愚守拙，藏而不露，同时，他也碰到了好领导，如果不是孟尝君的宽容大度，这段佳话也成不了，极有可能，在冯谖发第一次牢骚时就被赶出去了。

2

1000多年后，果真有一个人，如冯谖一样，因吃饭问题，发第一次牢骚就被赶走了。苜蓿正式登场。

这个人就是唐朝的薛令之。

唐朝开元年间，东宫太子身边的官吏，生活清苦，左庶子薛令之实在忍不住了，就写了首《自悼》诗发发牢骚：

朝日上团团，照见先生盘。盘中何所有？苜蓿长阑干。饭涩匙难滑，羹稀箸易宽。以此谋朝夕，何由保岁寒？

这首诗，估计是题在墙上的，某天，恰好唐玄宗来东宫视察，一看太子老师的诗，一下子火了，立即在薛诗边上题了四句反讽：

啄木嘴距长，凤凰羽毛短。若嫌松桂寒，任逐桑榆暖。

薛老师看到了，吓得要命，赶忙辞职回乡。

也不能怪唐玄宗心胸狭窄，薛令之的这首诗，确实有点问题。

太阳照得整个餐厅通亮，餐桌上那个装菜的盘子，特别显眼，因为盘子里只有稀少的一点点苜蓿。没有好菜，真是难下饭呀，这样的日子，怎么过得下去呢？

没有好菜，饮食确实清淡，但薛令之，太子的老师，他的思想境界，不会这么低下吧，没有好菜，就不干了？

我不知道薛令之的祖上在哪里，会不会就是孟尝君的故里薛城？但他的脑子里，一定熟知冯谖的故事，那么，我也学学冯谖，说不定有转机。不想，李隆基不是孟尝君。

我有点奇怪的是，这苜蓿，我们江南叫草头、紫云英，鲜嫩的叶子，清炒、煮羹，适量加点油，应该是不错的开胃菜，薛令之为什么以此来叹苦呢？

前几日读南宋林洪的笔记《山家清供》，里面有一则《苜蓿盘》，讲的就是这件事，林洪写道：

每次看到薛令之这首诗，都不知道苜蓿为何物。偶然和宋雪岩一起拜访郑墅钥，看到他种着苜蓿，于是从他那里得到种子和烹饪方法。苜蓿的叶子绿紫色，带点灰，能长到一丈多长。采摘后，用热水焯一下，用油炒，适量放些姜、盐，做成羹来吃，都别有风味。

林洪看样子也是书呆子,大地上这么多的常见的苜蓿,他也不认识,不过,他揣摩出了薛令之写《自悼》诗的别意:唐代许多贤才都被贬谪过,薛也是怀才不遇,才发出"食无余"的感叹。

原来是借口,和冯谖一样,都是借口,只是,李隆基没有孟尝君有眼光,不仅不留人,还嘲讽:"这个老薛,书呆子一个,你嫌待遇差,那就另就高明吧,不留!不送!"

要是我,看了这样的嘲讽,也不敢再待下去了,弄不好,随时找个借口,分分钟可以将你弄死。

唉,借一盘苜蓿隐喻,竟然导致如此黯然而隐,真是有点倒霉。

苜蓿自然没有错,苜蓿自西汉引进中国后,2000多年来,依然很鲜艳而愉快地成长着。

3

其实,唐玄宗倒也没有那么薄情。话说薛令之回到故乡建安郡长溪西乡石矶津(今福建福安市溪潭镇廉村),唐玄宗还是给他安排了类似退休金一样的待遇,薛虽然贫穷,但依然按照在东宫时的工资标准,按月取酬,绝不多取一文。

安史之乱,乱了盛唐,也成就了太子李亨。唐玄宗一路向西逃去,李亨却在灵武即了位,成了唐肃宗。太子回到长安后,想起了当年的老师,立即派人征召薛令之,委以重任。不想,薛老师已经逝世好几个月了,死时家徒四壁。肃宗大悲,于是赐老师居住所在乡为"廉村",溪为"廉溪",山为"廉岭"。

越1000里地,我去廉村瞻仰,那里早已成著名景点。

紧挨着302省道,就是薛令之故里。

唐中宗神龙二年(706年),薛令之北上长安应试,成了福建的第一位进士,自隋朝开科取士,整整100年来的第一人,这是何等的荣耀啊。后面的几年,唐王朝内室动荡不安,各方都要争权,薛应该没什么大作为。不过,有一点可以肯定,他和李隆基的关系应该不错,不然的话,李隆基登位后,不会让他做谏官,不会请他做太子侍讲,当时还有一位侍讲,就是大名鼎鼎的贺知章。

这位号称明月先生的薛令之,写了好些书,如《明月先生集》《补阙集》,均没留世,现存的也只有少量的几首诗而已。

有一首《唐明皇命吟屈轶草》,可以证明唐玄宗是比较欣赏谏官薛令之的。某次,玄宗命群臣吟《屈轶草》(传说中的一种仙草),薛令之就借草暗指奸佞的特性,在诗中表达了忠诚和正直:

> 托荫生枫庭,曾惊破胆人。头昂朝圣主,心正效忠臣。节义归城下,奸雄遁海滨。纶言为草芥,臣为国家珍。

请注意最后两句,纶言,帝王诏令的代称,如果将皇帝的话都当作草芥的话,那么,臣子就是国家的珍宝。

由此说来,唐玄宗开始的时候,还真是想做一番事业的,胸怀也博大。

也许就是这首诗,给薛惹来了麻烦。宰相李林甫和太子李亨关系不好,而你又那么以廉洁正直自喻,这不就得罪了李林甫了吗?于是,薛令之这些老师们,自然受到了排挤。如果皇帝仍然关心，那也没事，问题是，后期的李隆基不敬业了，意见听不进，奸臣当道，当薛老师借苜蓿说事时，他就大大生气，也就正常不过了。

薛令之的故里，已经远非他那个时候的草堂了，现在的名人故居都是修了再修。明清城墙，鹅卵石道，古建筑、古码头、古雕刻、古官道、古城堡，皆有情调。不过，薛令之少年时候的读书处，灵岩草堂，还是一个不错的去处。矮矮的青山下，草堂隐在一圈围墙里，黑瓦白墙，檐角飞翘，草堂下有沟坎，长满乱草，一只长水槽，斜躺在草丛中，应该是喂猪的猪槽。阳光下，青草特别鲜，草堂也特别亮，唐朝苦读少年的身影和这里的环境很配。

我一直在寻找苜蓿，这个晚春的季节，应该是苜蓿花盛开的，可惜的是，前面的田野里，也没见到常见的苜蓿。

4

薛令之因《自悼》诗辞官归乡后，普通的苜蓿，迅速成为为官清贫和廉洁的代名词，薛也被誉为"苜蓿廉臣"。这个典故常被后代引用。曾在宁德（福安属宁德市）做过主簿的陆游，就写有"饭余扪腹吾真足，苜蓿何妨日满盘"的诗句，表示要以薛令之为榜样，每天清炒苜蓿就满足了。

惊蛰过后，冬天撒下的苜蓿种子，就会慢慢将田野铺绿，继而很快会溢满整个春天。鲜嫩的苜蓿，"苜蓿廉臣"，皆为物质和精神之良品。

楼塔三叠

楼塔地处杭州萧山之南，897年建镇。三叠、三首，指音乐，亦指独特之人和事。

仙岩

仙岩是楼塔的古称，它因东晋名士许询而来。

永和年间的越州上空，始终飘荡着满满的玄妙和仙气。王羲之、谢安、许询、孙绰、支遁都是极要好的哥们，他们的身后，常常簇拥着一大群"粉丝"。聚会、清谈、饮酒、作诗，他们的才情在会稽的山水间洋溢。

许询，字玄度，会稽内史许玢次子，好游山水，终身不仕。刘义庆的《世说新语》中，有多条写到了这位性格独特的神人，有一件小事，足以显现许询的性格。年幼时，人们拿他来和王脩相比，小许非常不服气。正巧，许多名士都在会稽的西寺讲论玄理，王老师也在，小许就跑到一群大人中间去论理。他向王老师连连开炮，弄得王结结巴巴，难堪得很。这还不算，他反过来，又用王老师的观点，展开攻击，两人辩来辩去，王老师竟然辩不过他。见此情景，小许转头得意地问支遁法师："弟子刚才的表现如何？"支法师笑着说："你讲得的确精彩，可是，何必对人家苦苦相逼呢？这难道是为了寻求玄理的清淡吗？"（《世说新语·文学第四》）

这样的人，注定没有什么可以约束他。他喜欢和山水为伴，"许玄度隐在永兴南幽穴中，每致四方诸侯之遗。或谓许曰：'尝闻箕山人，似不尔耳！'许曰：'筐筐苞苴，故当轻于天下之宝耳。'"（《世说新语·栖逸第十八》）许询找地方去隐居了，在哪栖身呢？《隋书》说他"隐居永兴之究山"。这两种典籍记载都指向了"永兴"，永兴又在哪里？它就是萧山的古称。楼塔，在萧山之南，究山是楼塔百药山的最早称呼，山上洞穴很多，这里本属越州，离会稽也近，就在此安顿身心吧。许询是东晋玄言诗的代表人物，虽隐居于此，四面八方的军政要员却都跑来看他，送来不少礼物，针对别人说他不像古代大隐士许由的说法，他乐呵呵地答道："这些用篓筐装着、苇叶包着的东西,比天子之位轻盈多了。"言下之意是,我虽隐居,生活质量还是要保证的嘛。朋友们一看,在洞穴窝着,实在于身体不利,看那山腰有一大块平地,我们为您修一所房子吧。

一屁股坐下去都能压着几种草药的百药山腰,平添起一座舒适的宅院,许询每天看雾看云,观鸟听泉,饮酒作诗,闲适得很。永和九年(353年)三月初三夜的上蛾眉月,如弓,如钩,映着兰亭,也映着许询屋前的青山翠竹。差不多隐居了10年后,他要去剡地(今嵊州)找好朋友王羲之去了,百药山山腰的房子,舍宅为寺,名重兴寺。人们相信,许询是得道成仙了。于是,百药山对面巨大的山岩,人们称之为仙岩。他居住过的山洞,叫仙人洞。他在溪边垂钓处的悬石,叫仙人石。仙岩就成了楼塔最古老而诗意的称呼了。

唐上元二年(675年)百花盛开的明媚春季,初唐才子王勃,南下看望被贬交趾的父亲,一路游山观水,途经越州,去了兰亭,自然也要来萧山探望他崇拜的诗人。我想象着这样的场景:他进重兴寺,对着许询的像,神态虔诚,点起一支香,叩头三拜。出寺观仙岩山水,内心连连赞叹,又在许询垂钓处久久伫立,看着清流中欢快的游鱼,诗意全部浮了上来:"崔嵬怪石立溪滨,曾隐征君下钓纶,东有祠堂西有寺,清风岩下百花春。"

庚子初夏,杭州入梅的第二天,沐着细雨,我到楼塔,上百药山,寻找重兴寺遗址。好大一片杂草荒芜的平畴,至少有十余亩,约一人高的一处残砖墙,两角相交,是重兴寺唯一的地面遗物。墙脚边有一口深井,里面井水能照出人的影子。楼塔文化站站长王新江指着周围说:"这些草丛里,有不少各式瓷器碎片,1600多年来,重兴寺毁毁建建。据资料考证,最后一次塌毁,应该是由于太平天国的战火。这里现在准备建一个许询纪念馆,寺的恢复,还有一定的难度。"

从重兴寺遗址下山,沿着溪流转了一个大弯,就到了岩上村,许询当年的垂钓处,"清风岩下百花春"的地方。江南的梅雨,下得紧密而热烈,河水迅猛暴涨,我在河边的长廊里看到介绍,王勃当年的诗,被人刻到了石壁上,美国国会图书馆藏有乾隆钞本《越中杂识·碑版》中记载:"唐王子安刻石诗,在萧山县南90里大山石壁,水涸石露,乃显其迹。"可以推测,百药山寺后的临水峭壁,极有可能是刻诗的地方,不过,1000多年来,刻诗的遗迹,尚未被发现,或许,那些岩壁刻诗,水漫土灌,早已经和山体紧密相连,如年轻的王勃南渡琼州海峡时随着大海永远离去一样。

此刻,对面的仙岩山,那种被云雾缭绕的神秘中,我仿佛看见许询,轻便的身材,穿梭攀登在山岭间;仿佛看见王勃、孟浩然、温庭筠等著名诗人在吟咏许询事迹的灵动身影。

雨中仙岩,钟灵毓秀。

《医学纲目》

一生追随钱镠王的楼晋,立下汗马功劳,自任黄岭、岩下、贞女三镇镇守后,一直跑东跑西考察安家的地方。他发现州口溪南边一带,山水清明,土肥野沃,就将家安置在此。这个时间点,是唐乾宁四年(897年),此地唤楼家塔,简称楼塔,楼晋成了楼塔楼姓人的第一世。

宋孝宗谢皇后的侄女,嫁给了楼塔人楼玑。楼玑,字孟玉,考取绍熙辛亥(1191年)进士时,只有17岁,他的父亲楼允武,第二年才乡贡有榜。楼玑自然成了楼塔的知名人士,难怪被皇亲盯上,他是楼晋的十一世孙。1332年,元至顺三年,似乎是个平常的年份,却诞生了大明王朝的不少重要人物。朱元璋的正妻马皇后出生,明初第一名将徐达出生,楼玑的五世孙，楼英，明朝著名医学家，也在这一年出生。

楼英成为一代名医的经历很传奇。他7岁开始读《周易》，背诵如流，内化于心。又遍涉诸子百家，12岁研读《黄帝内经》，穷悟细研，从中寻找医学原理，并得精通医术的堂兄指点。禀赋、勤奋、渊源、家境，成就了一代名医。

楼英纪念馆，左手捋须，右手捧书，楼英神情专注地读着书。面前有一桌，想来是他常用的医案桌。头顶有一匾额，上书"惠天下"，"世人得一秘方，往往靳而不以示人，盖欲为子孙计也，吾今反之，将以惠天下，而非求阴骘也。"所谓家传秘方，大多数人都"靳"，就是吝惜，不肯给予人家，如果没有"惠天下"的心态，那就得不到"阴骘"，即阴德。楼英自20岁开始行医，每病必录，大量的医案，加上他的仔细梳理研究，为《医学纲目》的撰写积累了丰富的资料。

百药山上百草茂盛，草药繁多，楼英在诊病的同时，也时常上百药山采药，为的就是更加细致地探究药理和病理。有时，他索性带上典籍，到重兴寺住上几天（楼英出生的前一年，重兴寺已经由释道澄修缮一新），遥想许询，撰写医学心得，仙岩的山水，使他内心更加澄明柔和。

明洪武十年（1377年）丁巳，朱元璋生了重病，遍招天下名医。临淮县（今安徽凤阳）丞孟恪，在太医院任职的楼英姨表兄戴原礼，都向朝廷举荐了楼英。楼英前往南京，与应诏的各地名医讨论朱元璋的病情，医案得以采纳，且效果显著。太医院欲赐官职，留下楼英，楼英借口"老病"推辞。光宗耀祖一般人都乐意，但楼英心中却有着他的宏大志愿，就是要编撰一部医学大书，最大程度地"惠天下"。太医院多一个太医不多，民间少了一位良医，却会使许多普通百姓受苦受难，以致失去生命。两害相权，楼英毅然回到了楼塔，继续他的事业，一边诊病，一边写书。至1396年，整整30年过去，鸿篇巨制《医学纲目》终于问世。

楼英纪念馆内，陈列着不少版本的《医学纲目》，我仔细看目录，皇皇40卷，阴阳脏腑、肝胆、心小肠、脾胃、肺大肠、肾膀胱、伤寒、妇人、小儿、运气，十大部分，总字数120万字。楼英显然功底深厚，他在编撰体例上，以人体脏器和专科分部，看似简单，却极为科学严谨，每部都是先论述病征，再说治疗方法，然后给出药方。而且，各病的治疗上，他都设正门和支门，每门又分上和下，上为《黄帝内经》之法，下为后人治疗方法，以阴阳表里寒热虚实"八纲"分析正误，无论对于初学或临床参考，均迅速便捷，实用有效。

关于这一部大医书所产生的影响，我只说两件事：其一，李时珍编撰《本草纲目》时，《医学纲目》是他的重要参考书，文中大量出现"引自楼英《医学纲目》"的注脚；其二，乾隆年间，清廷征集天下图书编辑《四库全书》，萧山选送百余种，入选的只有楼英的《医学纲目》和著名学者毛奇龄的《西河集》。

心善目慈，医术高超，楼塔人都尊称楼英为"神仙太公"。一个冬日的清晨，暖阳初照，清瘦而和蔼，身背药箱、拄着杖的楼神仙又出门了，这一回，他要去仙岩脚下的村子探望一位老病人。

细十番

今年77岁的楼正寿，腰板笔直，身材敦实，着一身红绸演出衣，快步走向中间位置坐下，操起二胡端坐。他面前有一个大鼓，另外18位演员，皆各自操琴，神情庄严，这是演出前数秒钟的宁静，各个屏声息气。大家只等楼正寿右边那位鼓板师的小鼓敲起。橐，橐，轻轻二下后，拉哆哆拉嗦咪

（611653），管弦齐奏，细十番的主干音，如炎夏清凉的山泉，舒缓地流淌进人们的心田。

这是我第一次完整欣赏楼塔细十番。我面前表演的细十番有一套三曲：《望庄台》《一条枪》《八板》，乐器为鼓板、排笙、洞箫、二胡、大胡、中胡、板胡、四弦胡、琵琶、三弦、大小阮、古筝、扬琴等。三个曲牌的节奏从舒缓到流畅，层次分明，曲曲相扣，主题为歌颂大禹治水功绩，七分钟后，演员们明快地收住了最后一个音。楼塔细十番是国家级非物质文化遗产，是中国十番音乐的一面独特的旗帜，国内唯一，此曲只应楼塔有。

楼塔细十番，属明代宫廷音乐，此乐为什么会独独保存在楼塔呢？这要说到楼英。楼英自南京回乡，将这套音乐带回了家乡，犹如唐朝的叶法善，他高龄回乡时，将唐玄宗朝的名曲《霓裳羽衣曲》带回了松阳家乡，从而使现代松阳高腔的骨干音中，依然浸着浓郁的《霓裳曲》的因子。或许，作为读书人的楼英，他也是极喜爱音乐的，当他听到细十番的音乐，可以让身心极度舒缓时，他就决定，将这种能医治人心灵的音乐带回家乡传习。音乐能治疗疾病，这是中国古老的传统，一举多得，合情合理。

细观乐手们的演奏，他们已经将乐曲娴熟于心，都有着相当的艺术水准，神情随着节奏和音乐内容的表达而不断变化着。他们都是楼塔地道的农民，大部分姓楼，多位演员都已经高龄，俞平山84岁，楼田灿、楼金昌、楼大法，都已经79岁。我看到了两张年轻的面孔，一个是吹笙的楼大威，一个是弹琵琶的楼诗婷，他们都是楼塔镇中心小学非遗基地毕业的同学，这个基地也是省级非遗传承基地。楼正寿说，他每周要去小学上一次细十番课，他是非遗传承人，9岁开始随父学习细十番，他也是楼英的第十九代裔孙，而从楼塔小学出来的好多学生，现在都成了细十番的骨干演员，他14岁的外甥，已经多次登台演出。

在楼塔细十番的500多场演出中，楼正寿感受最深的几次是：第29届世界音乐大会社区音乐教育主题会议的开场表演，联合国代表团2017中国萧山文化行表演，杭州西博会中外传统音乐交流表演，2013赴台湾与台中雾峰国乐团同台演出。是的，音乐无国界，喜欢美好的音乐是人的天性，音乐也是最好的文化交流方式。当不同肤色的各国游客，徜徉于楼塔的明清古街时，楼塔细十番所舒徐流淌出的，是楼塔美丽山水和千年深厚文化所凝结成的动人乐符。

许询的仙岩,楼英的《医学纲目》,明代细十番,此为楼塔三叠。

江南大地上,崇山峻岭中,1650年的绵长时光,堆叠起了一座博大而精深的文化高楼塔。

春 山

"平芜尽处是春山,行人更在春山外。"1033年暮春,这两句春山词在春意盎然的江南随处荡漾着,这是欧阳修刻画的春山,不过却是给忧愁的旅人做背景的,以乐写愁,春山虽美好,然人在旅途,漂泊无期,心境迷茫。

欧阳修三次科考,23岁的第三次迎来连连捷报,中进士第十四名。本来,他可得状元,然青年欧阳修锋芒过露,那些考官有意要挫其锐气,为的是促其成才。登第后他立即被授秘书省校书郎,充西京留守推官,又迎来洞房花烛,如此说来,青年欧阳修应该没有忧愁,他是在替别人忧。

果然,1034年的春正月,46岁的范仲淹因为管了宋仁宗的家事,劝皇帝不要无故废郭皇后,从右司谏的位置上被贬睦州知州。正月的汴京,虽天寒地冻,但范仲淹的内心并不沮丧,他已经第二次被贬,肺部也有毛病,不如趁机去江南,去睦州

（也称桐庐郡），那里有著名高士严光，那里有瑰丽的富春山水，那里有他诗心中的春山。

去睦州

1

隋文帝仁寿三年（603年），睦州被设立，下辖淳安、遂安、建德、寿昌、桐庐、分水六县。

睦州起先的州治，坐落在雉城（今淳安西南），地处崇山峻岭，百姓出行基本靠水路，而水路又多险滩急流，这样的事故闻所未闻：曾有三位桐庐县令，因去州政府汇报工作，被水淹死。显然，雉城的州治不适合政府办公，几经周折，武则天才同意迁移州治至建德境内的梅城。梅城地处三江口，新安江、兰江呈丁字形汇入富春江。虽偏处浙西，水路却发达。

苏州人范仲淹，应该是熟悉睦州的。

船出汴河，过颍河，这就到了淮河。过淮河，他们一家遇到了惊险，《赴桐庐郡淮上遇风三首》有记如下：

其一：圣宋非强楚，清淮异汨罗。平生仗忠信，尽室任风波。舟楫颠危甚，蛟鼋出没多。斜阳幸无事，沽酒听渔歌。

其二：妻子休相咎，劳生险自多。商人岂有罪，同我在风波。

其三：一棹危于叶，傍观亦损神。他时在平地，无忽险中人。

完整的场景和心情记录，过淮河遇大风浪，生动画面，跃然纸间。船行淮河，白茫茫一片，忽起风浪，越来越大，人站立不稳，船歪东倒西，还有那些大鼋，也来凑热闹捣乱。它们浮在船边出没浪间，一船的人都胆战心惊，孩子吓得哇哇大哭。此时，范仲淹只有一遍遍地安慰着家人，不怕不怕，我们不怕。果然，接近傍晚，风平浪静，夕阳也出现了，打鱼的船只撒开了网，渔人悠悠地唱着歌。哈，把酒拿出来，那什么，朋友们，来喝酒吧，压压惊。于是，一船笑声又在淮河的清波上回响。范仲淹的不怕，源于他的底气，大宋朝和那强横的楚国完全不可同日而语，这清冷的淮河，自然也不同于汨罗江了，我对朝廷尽职尽忠，即便有点小挫折，也不会像屈原那样葬身水底，眼前是有些危险，不过，很快会过去！

其二、其三更像是咏物诗，诗言志。老婆呀，你不要责怪我，朝堂上提意见，是我的职责所在，当官总是不断有风险，我此次被贬去睦州纯属正常。现在，你也别怪那些同船的商人，不是他们东西带的太多太沉，要怪只能怪风浪，我们还是安心坐船吧，等风浪过去，一切风险自然也就烟消云散。

谁说范仲淹仅仅是在写淮河上的风浪呢？自出汴京以来，每每闭目闲暇时，自少年到现今的经历，都会一幕幕浮现。

2

范仲淹，字希文，唐宰相履冰之后。仲淹二岁而孤，母更适长山朱氏，从其姓，名说。少有志操，既长，知其世家，乃感泣辞母，去之应天府，依戚同文学。昼夜不息，冬月愈甚，以水沃面；食不给，至以糜粥继之，人不能堪，仲淹不苦也。举进士第，为广德军司理参军，迎其母归养。改集庆军节度推官，始还姓，更其名。

上面这段文字，出自《宋史·范仲淹传》，信息量极其丰富。

宋太宗端拱二年（989年）八月，成德军节度掌书记范墉家中，添了个儿子，他就是婴儿范。不想，两岁时，范墉因病去世，两年后，范妻谢氏改嫁至长山（今山东邹平）的朱文翰，四岁的幼儿范还不懂人事，便成了朱说。幸而继父亦属忠直之士，对少年朱养育和教育并举。

"划粥断齑"成为少年范仲淹苦学的著名故事，也是中国许多家长用来教育孩子的励志好教材。这个故事出自宋代魏泰的笔记《东轩笔录》中：

> 惟煮粟米二升，作粥一器，经宿遂凝，以刀画为四块，早晚取二块，断齑数十茎，酢汁半盂，入少盐，暖而啖之。

这位少年天生就是苦读者吗？肯定不是，谁都想躺进父母温暖的怀抱，可朱少年没有，等到他知道自己的家世后，那种悲愤感，立即转化成无穷的动力，含泪告别母亲，去应天府求学。所有的苦，在朱少年眼中，都是上苍对他的考验，强行者有志，白天读不完，夜里接着读，从夏天读到秋天再到冬天。

读书疲惫了，冷水就是醒脑器，食物缺乏，没关系，夜里取两升粟米，煮一大锅粥，第二天，用刀在冷却的粥上划个十字，分成四块，早晚各取两块吃。菜呢？好办，弄一些姜、蒜、辣椒切碎，加入醋和盐，煮熟，哈，不错的开胃菜。

苦读的日子，从少年到青年，许多时候，他甚至晚上睡觉都不脱衣服，为的是醒来就能读书。1015年，26岁的朱说，终于以寒儒成为进士。姜遵如此赞他："朱学究（科考明经科的专有名词，表示至少学通一本经书）年虽少，奇士也，他日不惟为显官，当立盛名于世。"这姜遵，是长山籍名士，他丁母忧回乡，消息传到长山城，朱少年知道后，就邀几位同窗学友专程拜访，一番愉快畅聊，很少夸奖人的姜遵，事后对他夫人这样评价朱少年。

有一种说法是，朱少年知道自己的身世后，对朱家兄弟们的奢侈生活不满意而出走，励志苦读。但我推断，其继父家也是清苦，并没有太多的钱供朱少年读书，假如朱家待他不好，他为什么不早早改名，要等到中进士两年后任推官时再向朝廷申请认祖归宗？后来，他还将宋仁宗授予自己的恩命，转赠给早已去世的继父，朝廷遂追授朱文瀚为太常博士。一切都说明，30岁前的朱说，和我们眼中的范仲淹，形象是一致的，能极度克制自己，有着坚忍的毅力，眼界开阔，满腔平民忧乐情怀，富贵、贫贱、毁誉、欢戚，没有一样会打动他的心。

3

2011年4月6日，我又一次虔诚地拜谒了范文正公的像，这回是在江苏省的兴化市。仔细听着讲解员的介绍，她语气中明显带着自豪，这种自豪感是把范公当作家里人向人炫耀的那种感觉。因为，范公在这里做过令兴化人永远纪念的五年知县，因为，范仲淹改变了兴化的历史。

而我却有一种不露声色的微微嫉妒，因为我也早已在心里把他当作我的老乡。当然，对范公来说，兴化却是他人生事业起步的地方，这里无可替代。

登第后，虽做过几处小官，但范仲淹的才能一直没有得到很好地发挥。1023年，机会来了，他在泰州做一个收盐税的官。他发现，兴化这一带都是海涂，常常泛滥，于是主动请缨，要求去做治理的苦差事。一共5年，如果不是他母亲去世，他可能还会在兴化知县的任上干下去。因为他的投入，因为他的努力，历史对他这5年是这么盖棺定论的：招流散，勉农耕，轻徭赋，赈灾荒，人民有口皆碑。这还不是主要的，他的主要任务是修筑捍海堰。集中通、泰、楚、海四州民夫，积工累石，历经千辛万苦，终于修成长143里、基阔三丈、高一丈五尺的捍海堰，并建有十多座石质水闸。这个堤被人称为"范公堤"。结果可以想象，堤建成后，"束内水不致伤盐，隔外潮不至伤禾"，以堤分界，东边产盐西边庄稼，堤内百余里间，泻卤之地尽复为良田，"期月之内，民有复业耕诸田者共1600户，将归其租者又3000余户。"范远见卓著，他的治理一举多得，并彻底改变了兴化的经济结构，由制盐为主变为农业为主，生产力也大大发展。振兴，教化，兴化的地名都因范仲淹而一直生动挺拔了。

范公在兴化的5年，可书写的颇多，如果时间允许，如果不是被我们打断，讲解员会一直讲下去的。司马光在《涑水见闻》中曾说，范堤成后，"民至今享其利，兴化之民往往以范姓"。百姓情愿以改姓而永久纪念，这岂止是崇拜和敬仰？

少年事青年事，事事都已成云烟，转眼间，他就是个饱经风霜的中年人了。放眼两岸，郁郁苍苍，春山如笑，看着船舷两边不断翻滚的浪花，他知道，睦州就在眼前了。

在桐庐郡

春山半是茶的四月,江南的鲜嫩葱翠欲滴,经过100多个日夜的兼程,范知州终于到达桐庐郡的州治所在地梅城。富春江的绿,瞬间抚平他略带忧伤的心灵,他立即投入考察和工作中。

1

南下途中,范仲淹的脑海里常浮现出一个人来,此人就是戴斗笠披棕蓑,耕于富春山的东汉隐士严光,范晔《严光传》中的情节,他每一个字都熟悉。

梅城往下几十里,就是严光的隐居地富春山,第一件大事,先去严子陵祠祭拜,以慰心中惦念之情。乘轻舟而下,一个时辰不到,富春山就在岸边。东台那巨石,似乎就坐着悠闲的严先生,严先生在看天,云高云低,鸟停鸟飞。他也在看人,各式各样的人都来,好多是文人、官员,他们感叹几声,吟咏一番,然后拍拍身上的灰尘,转身赶往下一站,该当官还去当官,该作诗依然作诗。

这回,范仲淹来了。祠角塌陷,廊柱腐烂,杂草疯长,看着眼前破败不堪的严祠，范知州的心一下子疼痛得紧。一位高风亮节的高士，他应该是富春江的核心灵魂，构堂而祠之，能让人"思其人，咏其风"，更"能使贪夫廉，懦夫立"！怎么如此凄凉？必须立即重修！虽然，副手章岷指挥具体修缮工作，但他全程参与指导，并亲自写下《桐庐郡严先生祠堂记》，"云山苍苍，江水泱泱。先生之德，山高水长"，这就将严光的精神价值提到了一个空前的高度。自此后，严子陵祠，一直都由政府主持修缮，并有专人祭祀管理。

我始终认为，富春江那一江的春水，充满着诗意的灵性，皆因严光而生动具体，自谢灵运叹吟严光后，一直到清末，7000多首诗词将这百里春江填盈得要满溢出来。富春江的每一滴水，富春江两岸的每一片绿叶，两岸峡谷上空的每一朵云彩，都有诗意在飘荡，而其中的百分之九十，都为严光而歌。更有，隐士黄公望以一幅《富春山居图》，使富春江的价值再一次卓越提升，黄公望和范仲淹一样，完成了心中对严光的精神崇拜，只是，他用的是线条和淡墨，以及八十多年的坎坷人生经验。

2

还有教育,是范知州心里惦记的另外一件事,于是,修祠堂和建书院,同时进行。

书院叫龙山书院。展现在范知州眼前的睦州府学,它跻身孔庙,狭小局促。梅城之北三里,拱辰门外的乌龙山南坡,那里却有一座规模很大的寺庙,是书院的理想之地,经过修缮和扩建,龙山书院很快建成并使用。范仲淹写信聘来好朋友、著名学者李觏为"讲贯"(讲习):"别来倾渴无已,想至仙乡,拜庆外无恙。此中佳山水,府学中有30余人,阙讲贯,与监郡诸官议,无如请先生之来,必不奉误,诚于礼中大有请益处,至愿至愿……此地比丹阳又似闲暇,可以卜居,请一来讲说,因以图之,诚众望也。"(范仲淹《与李泰伯书》)桐庐郡山水皆佳,离丹阳又不远,您可以长久居住,李兄您来吧,做龙山书院的首席教授,我们30多位学生正翘首以待您呢。

自然,除李教授主讲外,龙山书院的学子们也经常能见到他们这位知州的身影。范知州讲课,深入浅出,有声有色,他在应天书院的苦学精神不断激励着学子们;他在应大书院的教学和管理经验,使龙山书院在短时间内迅速声名远扬,谆谆教诲，经世致用，睦州士子学风一时大有改观。

有龙山书院引领，睦州的官办和义学书院如雨后春笋般地涌现。其中著名书院有：钓台书院、丽泽书院、宝贤书院、文渊书院、石峡书院、五峰书院、瀛山书院等，共计30多所。书院的直接成果就是辈出的人才，据资料，仅两宋，睦州的詹骙、方逢辰等甲第魁首，进士及第300多人。遂安詹氏一门出了24位进士。严子陵钓台对面的芦茨村里，居住着唐代诗人方干的后裔，范仲淹曾两次拜访方干故里，其中《留题方干处士旧居》诗如此赞："风雅先生旧隐存，子陵台下白云村。唐朝三百年冠盖，谁聚诗书到远孙。"范仲淹后的200多年，方干的子孙中，出了18位进士。南宋乾道年间，移居到浙江仙居皤滩的方干裔孙，为纪念方干，还在那里建设了桐江书院，朱熹任职台州时，曾两次巡视，并题写书院匾额。

严州文化研究会的陈利群先生，经年致力于严州文化的发掘，成果颇丰。他告诉我，龙山书院倡导的新儒学，还直接影响到后世严陵理学的形成和发展。东南三贤，南宋的吕祖谦、张栻、朱熹，曾会聚严州书院，讲学辩论，天下士子蜂拥而至，严州成了当时天下理学的交流中心，《礼记集注》等刻本就在这里问世。赵彦肃、钱时、陈淳等继续推动严陵理学走向成熟,并形成了《严陵讲义》等理学名著。这些研学活动和思辨大讨论,对后来的闽学、湖湘学派、浙东学派的形成,都有很大的推动作用。

龙山书院,成了州府官办书院的标杆,引领全国。范仲淹主持庆历新政,各州府官办书院遍地生长,费用由国库拨付或地方税赋资助。粗略统计,当时全国各类书院猛增至1000多所。士子们的琅琅书声,透过书院上空的云朵,传至北宋的四极八荒,给人以不断的激励。

3

接下来,自然要说到范仲淹在这一时期的诗歌写作,其实,这是他考察桐庐郡各地生产生活、风土人情的各类心得,也算本分工作。连头带尾算,范仲淹在桐庐郡只有10个月的时间,其中3个多月在南下的赴任途中,然而,他却创作了他一生中近六分之一的诗歌。

范文正有《斗茶歌》,天下共传。蔡君谟谓希文:"公歌脍炙人口,有少未完,盖公才气豪杰,失于少思。"希文曰:"何以言之?"谟曰:"昔茶句云:'黄金碾畔绿尘飞,碧玉瓯中翠涛起。'今茶之绝品,其色贵白,翠绿乃茶之下者耳。"希文曰:"君善鉴茶者也,此中吾语之病也。公意如何?"君谟曰:"欲革公诗二字,非敢有加焉。"公曰:"革何字?"君谟曰:"翠绿二字。可云:'黄金碾畔玉尘飞,碧玉瓯中素涛起。'"希文曰:"善。"又见君谟之精茶,希文之伏于义。(刘斧《青琐高议》)

范仲淹的《和章岷从事斗茶歌》,与卢仝的《谢孟谏议试茶歌》,被誉为中国茶文化史上的双璧。上面这则笔记,从一个侧面写出了范仲淹《斗茶歌》的影响之大,更可窥见北宋茶事兴盛的蓬勃局面。宋朝的斗茶,红火劲你都想象不出来,达官显贵,僧道羽士,文人墨客,市井细民,贩夫走卒,全都热衷。宋徽宗写有《大观茶论》,亲自注汤击拂,试茶斗茶,并分赐群臣,共品佳茗。蔡君谟,就是蔡襄,他的《茶录》影响颇大,他也亲自斗茶。苏轼的《天际乌云帖》,就写了蔡襄与周韶斗茶的趣事,蔡襄准备了上乘的茶品和水品,却不幸落败,原因是杭州人周韶的茶叶非常人可比。看赵孟頫的《斗茶图》也着实有趣。四茶贩在树荫下作"茗战"(斗茶),炉、壶、碗和盏等饮茶用具分装两头担中,左前那位,一手持杯,一手提桶,神态自若。身后那位,一手持杯,一手提壶,做将壶中茶水倾入杯中之状。另两人则站立在一旁观望,真是茶叶卖到哪斗到哪,宋人随时随地可烹茶比试。

除了《斗茶歌》,还有《出守桐庐道中十绝》《新定感兴五首》(睦州曾名新定郡)、《桐庐郡斋书事》《游乌龙山寺》《和章岷推官同登承天寺竹阁》《江干闲望》等诗,当然,最著名的当数《萧洒桐庐郡十绝》了:

萧洒桐庐郡,乌龙山霭中。使君无一事,心共白云空。

萧洒桐庐郡,开轩即解颜。劳生一何幸,日日面青山。

萧洒桐庐郡,全家长道情。不闻歌舞事,绕舍石泉声。

萧洒桐庐郡,公馀午睡浓。人生安乐处,谁复问千钟。

萧洒桐庐郡,家家竹隐泉。令人思杜牧,无处不潺湲。

萧洒桐庐郡,春山半是茶。新雷还好事,惊起雨前芽。

萧洒桐庐郡,千家起画楼。相呼采莲去,笑上木兰舟。

　　萧洒桐庐郡,清潭百丈馀。钓翁应有道,所得是嘉鱼。

　　萧洒桐庐郡,身闲性亦灵。降真香一炷,欲老悟黄庭。

　　萧洒桐庐郡,严陵旧钓台。江山如不胜,光武肯教来?

　　我努力进入范仲淹诗歌的场景,从之一到之十,几乎每一首,都是他对睦州大地、富春江山水的心灵倾吐。青山、白云、流泉、竹林、绿波、兰舟、江岸、人家,一个个影像,次第而来,换一个季节,晴日和雨日,这些影像还会不断变幻,给范仲淹以各种惊喜。我最喜欢第六首中的"春山半是茶",惊蛰雷声过后,雨前茶就会慢慢冒出茶树,睦州遍山都是茶的世界,范仲淹的春山,满是浸染透了的翠绿,那是富春江水滋润而成。富春山中隐居着的新叶,凝聚起天地间的绿色精华,为严光带去隐居的悠闲,为农人们带来满满的欢喜。

　　睦州下属的六县,现为桐庐、淳安、建德三县市,茶叶收入依旧为三地百姓的重要来源。三地共有茶园30多万亩,茶农十多万户，茶叶总产量超1.5万吨，总收入超20亿元。雪水云绿、千岛湖茶、建德苞茶，沐着富春江山水的各类原生态绿茶、红茶，在中国茶叶市场上芳香浓郁。

4

> 且有章、阮二从事，俱富文能琴，夙宵为会，迭唱交和，忘其形体。郑声之娱，斯实未暇。往往林僧野客，惠然投诗。其为郡之乐，有如此者，于君亲之恩，知己之赐，宜何报焉？

范仲淹到桐庐郡不久，就给恩师晏殊写了一封长信，这信，除了开头交代南下的行程外，基本上是一篇介绍桐庐郡山水的散文。上面就是后半部分的一小节，主要意思为："我和章、阮两位副手，不仅工作配合得好，闲暇时光的休闲，也都能玩到一块。"范曾多次说，他的肺不太好，酒应该喝得不多，那就喝茶、弹琴、唱歌！

范知州离任152年后，南宋孝宗淳熙十三年（1186年），陆游来到了早已改为严州的梅城，陆知州年逾花甲，精力显然不济，而京畿之地的严州，此时已十分繁荣，诸多公务让陆知州叫苦不迭:"桐庐朝暮苦匆匆,潇洒宁能与惜同。堆案文书生眼黑,入京车马涨红尘。"(陆游《读范文正潇洒桐庐郡诗戏书》)不过,忙归忙,诗文还是不断写着的,陆游也记下了前任业余时间的一个小插曲,这和范的信暗合:

"范文正公喜弹琴,然平日只弹《履霜》一操,时人谓之范履霜。"(陆游《老学庵笔记》卷九)

短短的记录,却耐人寻味。《履霜》或《履霜操》,究竟是一首什么样的曲子呢?凡带操字的古琴曲,基本上可以追溯到春秋战国时期,诸如《文王操》《古风操》等。唐代韩愈写有《履霜操》的诗,序言这样说明:"尹吉甫子伯奇无罪,因后母屡进谗言而被逐,自伤作《履霜操》云:'朝履霜兮采晨寒,考不明其心兮听谗言。孤恩别离兮摧肺肝,何辜皇天兮遭斯愆。痛殁不同兮恩有偏,谁说顾兮知我冤。'"诗的主题,伯奇清晨踩着寒霜,哀叹自己无罪而被逐。

再回过头来,看范仲淹的身世和经历,他的先祖,唐朝的范履冰,虽是武则天的重臣,依然死在了武则天的手上。而他自己,因为刚直,看不惯现实中的许多东西,也经常碰壁,即便如此,他依然自警自省。《周易》坤卦:"初六,履霜坚冰至。"字面之意为,踩上霜时就知道寒冬即将来临,提醒人们防微杜渐而如履薄冰。如此说来,意思就相当明白了,范仲淹平日只弹《履霜》,并不是琴技差,不会弹其他曲,而是牢记为官的职责和使命,如履薄冰,坚守清廉的节操。

思范

桐庐县城,迎春南路与白云源路交叉口东南百余米,2500多平方米的范仲淹纪念馆静静地卧着,白墙黛瓦的仿古建筑,背依平阳山。平阳山是一座小山,青翠依然是它的主调,它应该是富春山的余脉,整个桐庐县城,南北两城,桐君山和大奇山遥望,富春江穿城心过后,缓缓向杭州而去。

范仲淹的半身塑像,凝视着所有的来访者,"天地间气,第一流人物",朱熹的赞词成了醒目的匾额。整个宋朝,因为有了范仲淹这样一批贤臣而自豪:自古一代帝王之兴,必有一代名世之臣,宋有仲淹诸贤,无愧乎此。(《宋史》)在同辈和后代官员眼中,范仲淹是一个全能型且无瑕疵的官员楷模。我以为,元好问的评价十分到位,范文正公,在布衣为名士,在州县为能吏，在边境为名将，在朝廷，则又如孔子说的"大臣者，求之千百年间，盖不一二见"的栋梁之材。范仲淹用他64年的生命历程，完美地抒写了辉煌的人生。

陪同我进馆的桐庐县长齐力，中文系毕业，"70后"，戴眼镜，斯文儒雅。齐力和我说，每回见到老市长范仲淹的塑像，他心中就会升腾起范忧乐天下的鲜活形象，老市长在桐庐郡，虽只有短短的10个月，却让睦州人民怀念了1000年，对他而言，范仲淹三个字，就是一种无形的激励。

我以为，富春山水有四姓，那就是姓桐，姓严，姓范，姓黄。桐君山之桐君老人，严光之富春山，范仲淹之春山，黄公望之《富春山居图》。现在，春山谷雨前，我一路奔跑，去富春山中，摘取芳嫩和云烟。

文学百年 / 名家散文自选集

第一辑

序号	作者	作品	序号	作者	作品
1	冰 心	一日的春光	17	沈从文	湘行散记
2	从维熙	朝花夕拾	18	铁 凝	会走路的梦
3	褚水敖	我负北大	19	闻一多	复古的空气
4	邓友梅	饮茶闲话	20	王巨才	退忧室漫笔
5	郭沫若	竹阴读画	21	徐志摩	翡冷翠山居闲话
6	葛水平	绣履追尘	22	萧 红	春意挂上了树梢
7	甘铁生	人生浪语	23	徐小斌	生如夏花
8	韩小蕙	新新中国	24	郁达夫	一个人在途上
9	蒋子龙	红豆树下	25	叶圣陶	没有秋虫的地方
10	鲁 迅	秋 夜	26	杨匡满	感恩的翅膀
11	老 舍	抬头见喜	27	袁 鹰	生正逢辰
12	林徽因	你是人间的四月天	28	朱自清	背 影
13	柳 萌	寒风吹哑琴音	29	张抗抗	北 方
14	李美皆	爱你备受摧残的容颜	30	周 明	写意凤凰
15	刘锡诚	芳草萋萋	31	赵 玫	陪伴着你在暮色里闲坐
16	茅 盾	白杨礼赞	32	朱 蕊	蛇发女妖

第二辑

序号	作者	作品	序号	作者	作品
1	陈建功	我和父亲之间	17	束沛德	爱心连着童心
2	陈世旭	天南地北	18	王剑冰	古道秋风
3	陈喜儒	履痕碎影	19	吴泰昌	散文六十篇
4	陈善壎	你这人兽神杂处的地方	20	汪浙成	远 影
5	范小青	坐在山脚下看风景	21	肖复兴	昔日重现
6	黄文山	烟霞满衣	22	徐 迅	响水在溪
7	刘成章	安塞腰鼓	23	肖克凡	一个人的野史

8	梁晓声	我与橘皮的往事	24	徐 风	风生水岸
9	雷 达	黄河远上	25	叶延滨	前世是鸟
10	刘庆邦	野生鱼	26	阎 纲	散文是同亲人谈心
11	陆 梅	时间纷至沓来	27	赵丽宏	亲爱的母亲河
12	罗文华	将谓偷闲学少年	28	周大新	呼唤爱意
13	刘汉俊	刘汉俊评说历史人物	29	卓 然	天下黄河
14	林 希	平常人语	30	朱 鸿	退 出
15	刘兆林	牛化自己	31	查 干	红叶归处
16	秦 岭	眼观六路			

第三辑

序号	作者	作品	序号	作者	作品
1	杜卫东	陶人：远古之神	7	王泉根	往昔皆为序曲
2	高洪波	拔笔四顾	8	王必胜	我写故我在
3	郭保林	孤独者的绝唱	9	徐 刚	八卷·九章
4	韩小蕙	火与剑，还是康乃馨	10	杨晓升	人生的级别
5	简 默	活在尘世中	11	张庆和	漂泊的心灵
6	剑 钧	写给岁月的情书			

第四辑

序号	作者	作品	序号	作者	作品
1	白阿莹	高山之巅	10	邱华栋	地球是圆的
2	陈奕纯	生命，向美的境地漂流	11	素 素	乡 愁
3	淡巴菰	下次你路过	12	孙 郁	在时间深处
4	何向阳	无尽山河	13	王子君	一个人的纸屋
5	李 舫	不安的缪斯	14	许谋清	每次涨潮都换一波海水
6	陆春祥	柏拉图的斧子	15	叶 梅	江河之间
7	刘上洋	山河气象入梦来	16	朱以撒	两片落叶
8	陆建德	看得见风景的书房	17	朱小平	一担山河
9	马 力	江水之南			